Adolf Stahr

Aristoteles und die Wirkung der Tragödie

Anatiposi

Adolf Stahr

Aristoteles und die Wirkung der Tragödie

Unveränderter Nachdruck der Originalausgabe von 1859.

1. Auflage 2023 | ISBN: 978-3-38220-030-5

Anatiposi Verlag ist ein Imprint der Outlook Verlagsgesellschaft mbH.

Verlag: Outlook Verlag GmbH, Zeilweg 44, 60439 Frankfurt, Deutschland
Vertretungsberechtigt: E. Roepke, Zeilweg 44, 60439 Frankfurt, Deutschland
Druck: Books on Demand GmbH, In de Tarpen 42, 22848 Norderstedt, Deutschland

Aristoteles

und

die Wirkung der Tragödie.

Von

Adolf Stahr.

Πάντα γὰρ σχεδὸν εὕρηται μὲν, ἀλλὰ τὰ μὲν
οὐ συνῆκται, τοῖς δ' οὐ χρῶνται γινώσκοντες.
(„Gefunden ist so ziemlich Alles, aber theils ist es nicht über-
sichtlich zusammengestellt, theils benutzt man es nicht obgleich
man es kennt.“)			Aristoteles.

Berlin 1859.

Verlag von J. Guttentag.

August Böckh

dem Altmeister der Alterthumswissenschaft

verehrungsvoll gewidmet

von

dem Verfasser.

Vorwort.

Die Aristotelische Lehre von dem Wesen und der Wirkung der Tragödie ist in der Entwickelungsgeschichte der modernen Literatur von der höchsten Wichtigkeit.

Denn der Umschwung der ganzen modernen Aesthetik knüpft sich an diese Lehre und an die Aufhellung derselben durch Lessing, der den Geist des alten Denkers aus der Versteinerung erlöste, in welche ihn die französische Betrachtungs= und Dichtweise gebannt hatte. Lessing brachte wieder lebendigen Fluß in die tie=fen Gedankenbestimmungen des Stagiriten über das Wesen der Tragödie, in welcher er mit Recht die höchste Kunstform erblickte. Der einzige Punkt, an welchem er in seiner Auslegung des Aristo=teles scheiterte, war die Lehre von der Wirkung der Tragödie, von der tragischen „Katharsis". Ein verdorbener Text in der betreffen=den Stelle der Aristotelischen Definition verbunden mit dem Miß=verständnisse eines Aristotelischen Sprachgebrauchs verleitete ihn hier zu einer Erklärung, welche jetzt nicht mehr widerlegt zu werden braucht, zu der Auffassung nämlich: die Katharsis d. h. die sogenannte Reinigung der Leidenschaften, welche die Tragödie abschließlich be=wirke, bestehe in der Verwandlung der menschlichen Leidenschaften in tugendhafte Fertigkeiten. Es entging dem großen Manne, daß er durch solche Erklärung die Tragödie unter den Gesichtspunkt eines Mittels zu einem äußerlichen Zwecke rückte, während es sich bei Aristoteles um den Begriff und das Wesen (den *ὅρος τῆς οὐσίας*) der Tragödie handelte.

Herder, hier wie überall Lessing's Spuren nachgehend, aber ohne Lessing's Schärfe und Klarheit, adoptirte dessen Erklärung, während er sie fast in demselben Augenblick, ohne es zu wollen und zu wissen, durch eine zweite völlig entgegengesetzte umstieß. Am Anfange seines hierher gehörigen Aufsatzes (Herder's Werke zur Literatur und Kunst, XVII. S. 211—223) läßt er nämlich die Reinigung der Leidenschaften mit Aristoteles und Lessing in den Gemüthern der Zuschauer vorgehen, während er am Schlusse eben diese Reinigung in die Tragödie selbst verlegt, und sie an den Personen derselben vollzogen werden läßt, so daß es z. B. in So= phokles' Philoktet, dieser, der Held der Tragödie selbst ist, an dem die Reinigung der Leidenschaften Furcht und Mitleid vollendet wird.

So augenfällig nun auch diese letztere Erklärung gegen den klaren Sinn der Worte des Aristoteles streitet, und so unzweifelbar es ist, daß Aristoteles die Wirkung auf das Gemüth des Zuschauers im Auge gehabt hat, so nahm doch Goethe am Abend seines Le= bens Herder's Erklärung wieder auf — ohne diesen zu nennen, und trat mit jener Auslegung des griechischen Aesthetikers an das Licht, die uns in seinem Aufsatze „Nachlese zu Aristoteles' Poetik" (Werke 46. S. 16—21) erhalten ist. — Obschon nun in derselben aus Unkenntniß des Griechischen den Worten des Aristoteles in mehrfacher Beziehung Gewalt angethan wird, so lag dennoch diesem Erklärungsversuche ein richtiger poetischer Instinkt des großen Dich= ters zum Grunde, der sich mit der Lessingschen Ansicht von der Verwandlung unsrer Leidenschaften in tugendhafte Fertigkeiten durch die Tragödie unmöglich zu befreunden vermochte, weil ihm das Aeußerliche einer solchen Zweckbestimmung des Kunstwerks zuwider war, und weil er sich nicht denken konnte, daß Aristoteles in einer Definition des Wesens der Tragödie die entfernte Wirkung aufgenommen haben sollte, „welche die Tragödie auf den Zuschauer vielleicht machen könnte."

Erst der neuern Philosophie und im Besonderen den beiden

großen Begründern der Wissenschaft des Schönen und der Kunst war es vorbehalten, die wahre Bedeutung der Aristotelischen Lehre von der wesentlichen Wirkung der Tragödie als Darstellung eines Furcht und Mitleid erweckenden Verlaufs menschlicher That aufzuhellen.

Das so gewonnene Resultat näher zu begründen und dasselbe durch genaueres Eingehen in das Einzelne der Aristotelischen Auseinandersetzung gegen neuere Angriffe festzustellen, ist die Absicht dieser Schrift. Der Kernpunkt derselben liegt in der Auffassung eines einzelnen Ausdrucks der Aristotelischen Definition, in der Auffassung des Wortes παθήματα, dessen unrichtige Erklärung Lessing, der es, wie fast alle seine Nachfahrer, durch „Leidenschaften" übersetzte, in zahlreiche Verwicklungen gebracht und von dem richtigen Verständnisse der Aristotelischen Lehre über die Wirkung der Tragödie abgeführt hat. Denn nicht von einer Reinigung der Leidenschaften der Menschen im Allgemeinen, auch nicht von einer speziellen Reinigung der beiden Gemüthsaffektionen der Furcht und des Mitleids insbesondere hat Aristoteles in diesem Theile seiner Definition sprechen wollen; sondern von der Reinigung und Erleichterung der leidvollen Ereignisse und der ihnen entsprechenden leidvollen Eindrücke, welche die Tragödie durch ihre Darstellung furchtbarer und mitleidswerther Thaten und Geschicke, also durch die Hebel von Mitleid und Furcht, auf das Gemüth des Hörers und Zuschauers hervorbringt, und welche sie durch die Art und Weise ihrer künstlerischen Darstellung selbst zu einem reinigenden und läuternden Abschlusse führt.

Denn gerade das ist, wie ein tiefsinniger Alterthumsforscher (Ottfried Müller) so schön und wahr gesagt hat, „der Tragödie nach Ursprung und Ausbildung unter den Griechen das Wesentliche, daß in ihr Empfindungen geweckt werden, welche allerdings durch ihre Natur und ihre Stärke die Seele aus dem ruhigen Gleichmaaße herausziehen und in den Sturm entgegengesetzter Richtungen hineinwerfen, aber zugleich durch ihre Fortführung und Entwickelung sich an dem Werke des tragischen Dichters selbst läutern und erheben, so daß sie die Seele in einer höheren Gefaßtheit und veredelter Stimmung zurücklassen; während im epischen Gedichte das ruhige Walten im Gange gleichbleibender Empfindungen niemals aufgehoben wird, wo von unausgesetztem Taktschlage des majestätischen Hexameters schön bezeichnet eine Welle nach der anderen unmerklich stärker und schwächer an das Herz schlägt und die ganze Welt mit unparteiischem Gefallen umspielt."

Mit einem Worte: der von Aristoteles in seiner Definition gebrauchte Ausdruck „Erlebnisse" (παθήματα) hat eine doppelte Bedeutung, oder vielmehr eine doppelte Beziehung. Es sind diese Pathemata zunächst die der Helden der Tragödie, Erlebnisse mitleidwürdiger und furchtbarer Art, wie sie eben keiner Tragödie fehlen, keinem tragischen Helden erspart werden können, ja wie sie nach Aristoteles selbst dem Epos in gewisser Beziehung wesentlich sind (Poet. Kap. XVIII. § 1.). Zweitens aber bezeichnet das Wort die Eindrücke, mit welchen jene Erlebnisse sich in die Seele des Lesers oder des Zuschauers der Tragödie reflektiren. Denn eben darin besteht die Wirkung der Tragödie, daß sich der Zuschauer oder Leser in gewisser Weise mit dem Helden und seinem Thun und Leiden identifizirt, und daß es, wenn nicht dem Helden selbst, so doch dem Zuschauer, der ihn leiden und „durch irgend einen Fehl aus Glück in Unglück stürzen" sieht, durch die Kunst des Dichters möglich gemacht wird, sich die leiderfüllte und erschütterte Seele durch die Einsicht in das Ehrfurcht gebietende absolute Gesetz der ewigen Weltordnung zu erleichtern, und zu der Erkenntniß des großen gewaltigen Schicksals hindurchzudringen,

„Welches den Menschen erhebt, wenn es den Menschen zermalmt!"

Berlin, 6. Februar 1859.

Adolf Stahr.

Inhalt.

Erstes Kapitel.

—

Ueber die wenigen Zeilen, in welchen Aristoteles seine berühmte
Definition der Tragödie ausgesprochen hat, ist im Laufe der
letzten hundert Jahre, zumal seit Lessing's Erklärung derselben in
der Hamburgischen Dramaturgie, eine Literatur erwachsen, welche
zusammengenommen den Umfang des ganzen Aristotelischen Traktats
von der Dichtkunst um mehr als das Zwanzig = und Dreißigfache
übersteigt.

Dennoch war der wesentlichste Punkt dieser Definition, die Lehre
von der Katharsis, d. h. von der Reinigung der Leidenschaften des Mit=
leids und der Furcht, — obschon von Lessing bis auf Hegel und Vischer,
neben den gelehrtesten Philologen, auch die tiefsten Denker und
größten Dichter unserer Nation an der Erläuterung derselben ihre
Kraft versucht hatten, — nach der Meinung des neusten Erklärers,
Herrn Jacob Bernays, so wenig einer genügenden Aufhellung zu=
geführt worden, daß sich dieser Gelehrte bewogen fand, in einer eigenen
Abhandlung, welche ebenfalls allein schon umfangreicher ist als die
ganze Aristotelische Poetik, die Untersuchung noch einmal wieder auf=
zunehmen, und den Beweis zu führen: „daß die Phrase von der
tragischen Reinigung der Leidenschaften, freilich ganz ohne Schuld
des Aristoteles,· in die zahlreiche Klasse ästhetischer Prachtausdrücke

1

des landesüblichen Kunstrichterjargons übergegangen sei, die jedem Gebildeten geläufig und keinem Denkenden deutlich sind." [1]

Das ist ein hartes Urtheil, zumal wenn man erwägt, daß unter den „Denkenden" hier die ersten Philosophen und Aesthetiker des Jahrhunderts mit inbegriffen sind. Indessen: hart oder nicht! es kommt darauf an, ob das Urtheil richtig, und ob diejenige Erklärung, mit welcher Herr Jacob Bernays den wahren Sinn des Aristoteles endlich zu Tage gefördert zu haben glaubt, probehaltig ist.

Nach reiflichster Prüfung muß ich Beides verneinen. Die dankbare Anerkennung, welche dem speziellen Verdienste des gelehrten und scharffinnigen Philologen um die Aufhellung der medizinischen Herkunft des von dem Stagiriten auf ästhetischem Gebiete gebrauchten und für alle Zeiten festgesetzten Kunstausdrucks der tragischen „Katharsis" gebührt — sie kann und darf uns nicht abhalten, die von Herrn Bernays zum erstenmale in erwünschter Vollständigkeit zusammengebrachten Akten und sein darauf gegen die moderne Aesthetik gegründetes Prozeßverfahren einer neuen Revision zu unterziehen.

Die Aristotelische Definition der Tragödie lautet bekanntlich im sechsten Kapitel seiner Poetik folgendergestalt: [2]

„Es ist also Tragödie Nachahmung einer Handlung ernstbedeutenden Inhalts und vollständig abgeschlossenen Verlaufs, von einem bestimmten Umfange, in künstlerisch gewürzter Sprache, deren Würzen jede für sich in den verschiedenen Theilen zur Anwendung kommen, vorgeführt von gegenwärtig handelnden Personen und nicht

---

[1] Jacob Bernays: Grundzüge der verlorenen Abhandlung des Aristoteles über Wirkung der Tragödie. (Breslau 1857. Abhandl. der histor. philol. Gesellschaft in Breslau Bd. I. S. 138.)

[2] Ἔστιν οὖν τραγῳδία μίμησις πράξεως σπουδαίας καὶ τελείας, μέγεθος ἐχούσης, ἡδυσμένῳ λόγῳ, χωρὶς ἑκάστῳ τῶν εἰδῶν ἐν τοῖς μορίοις, δρώντων καὶ οὐ δι' ἐπαγγελίας, δι' ἐλέου καὶ φόβου περαίνουσα τὴν τῶν τοιούτων παθημάτων κάθαρσιν.

durch berichtende Erzählung, durch Mitleid und Furcht die Ka=
tharsis der gedachten Erleidnisse (Pathemata) zu Wege bringend."

Das ist die „Bestimmung des Wesens" (der ὅρος τῆς οὐ=
σίας), der Kunstform, die dem Griechen „Tragödie" hieß, wie sie
sich dem Aristoteles aus dem, was er in den dieser Definition vor=
aufgehenden fünf ersten Kapiteln seiner Poetik entwickelt hatte, nach
seiner ausdrücklichen Bemerkung von selbst zu ergeben schien, und
sich in der That auch, wenn wir den letzten Satz ausnehmen, voll=
ständig ergiebt. Auch hat der Philosoph dafür gesorgt, daß selbst
nach mehr als zweitausend Jahren keiner seiner Leser, der den seit
Lessing's Zeiten von der Kritik gereinigten Text dieser Stelle vor
sich hat, über das Verständniß der einzelnen Sätze seiner Definition
im Unklaren bleiben kann. Denn er hat sich durch beigefügte
Erklärungen jedes einzelnen Ausdrucks selbst zu dem schwächsten
Schülerverständnisse herabgelassen, und wie Bernays das schön aus=
drückt, durch diese Erklärungen „gleichsam die einzelnen Finger der
zuerst in der Definition geschlossenen Hand der Reihe nach geöff=
net, so daß nun Jeder sie leicht zu fassen vermag."

Nur für den letzten Satz der Definition, welcher die Lehre von
der Wirkung der Tragödie, von der tragischen Katharsis enthält,
fehlt uns seine Erklärung, fehlt sie uns, wie es scheint, durch die
Schuld desjenigen, aus dessen Hand wir die Poetik in ihrer heutigen
abgekürzten und verstümmelten Gestalt empfangen haben. Aristo=
teles selbst sagt es uns, daß seine Poetik — ursprünglich ein aus=
führliches Werk in zwei Büchern — einen eignen Abschnitt enthielt
über Begriff und Wesen dessen, was er auf ästhetischem Gebiete
mit dem von ihm für dasselbe eingeführten metaphorischen Aus=
drucke „Katharsis" bezeichnet und verstanden wissen wollte. Er
sagt es uns in einer Stelle seiner früher als die Poetik verfaßten
Politik, und wir werden diese Stelle hier um so mehr ausführlich und
im Zusammenhange betrachten müssen, weil Herr Bernays, der dieselbe
zuerst von allen Erklärern der Aristotelischen Definition der Tragödie

für das Verständniß derselben gründlich herangezogen hat, auf diese Stelle seine ganze, völlig neue und von allen bisherigen durchaus abweichende Erklärung dessen begründet, was nach ihm Aristoteles unter der Katharsis in der Tragödie verstanden haben soll.

Sehen wir also genau zu, wie es mit diesem Fundamente beschaffen ist. Es schadet nichts, wenn diese Prüfung etwas viel Raum und Zeit in Anspruch nimmt. Der Raum wird nicht verschwendet und die Zeit nicht verloren sein, sobald das Resultat der Mühe lohnt und den Irrthum eines der scharfsinnigsten und gelehrtesten Philologen aufdeckt, die jemals sich an der Erklärung dieses interessantesten Problems alter und neuer Aesthetik versucht haben.

Zweites Kapitel.

Aristoteles über die Musik als Bildungs= und Erziehungsmittel.

———

Es ist wie gesagt eine Stelle der Aristotelischen Politik [1]), auf welche Herr Bernays seine neue alsbald mitzutheilende Erklärung der durch die Tragödie bewirkten Katharsis gründet. Diese Stelle ist aber wiederum gar nicht zu verstehen, wenn man sie nicht, was derselbe versäumt hat, im Zusammenhange mit der ganzen Aristotelischen Ansicht von dem Wesen der Musik und von der Wichtigkeit derselben für die Bildung des jungen hellenischen Staatsbürgers auffaßt, mit dessen Erziehung es der Philosoph im achten Buche der Politik zu thun hat.

Aristoteles hat zuvor von der Gymnastik unter diesem staatspädagogischen Gesichtspunkte, als Mittel zur Volkserziehung und Volksbildung, wie wir sagen würden, gesprochen, und wendet sich jetzt in gleicher Absicht zur Musik, die wie kein anderes Erziehungsmittel ihren bildenden und gestaltenden Einfluß auf das ganze hellenische Volksleben gewonnen hatte und denselben auch zu seiner Zeit noch fortwährend ausübte. [2]) Er widmet ihr daher eine sehr aus-

———

[1]) VIII. cp. 7. § 4—7. (p. 1341. B. 32 ff. Bekker).
[2]) Vergl. Aristoteles' Staatspädagogik von Alexander Kapp, S. 175 bis 182.

führliche, fast die ganze letzte Hälfte des letzten Buchs der Politik
einnehmende Betrachtung. Zunächst und vor Allem weist er nach,
daß die Musik ein Bildungsmittel sei, daß sie sittlich bildende und
veredelnde Macht, daß sie, wie er sich ausdrückt, Einfluß auf die
Tugend und Tüchtigkeit (ἀρετή) des Menschen habe und die Kraft
besitze, so wie die Gymnastik den Körper ausbilde und veredle, so
ihrerseits dem sittlichen Charakter (τὸ ἦϑος) eine gewisse Beschaf=
fenheit zu verleihen, schon indem sie den Menschen gewöhne, sich
auf die rechte Art erfreuen zu können. Er beweist dies ausführlich
in dem fünften Kapitel, in welchem er entwickelt, daß überhaupt
von allem Sinnlich=Wahrnehmbaren nur, oder doch fast nur allein
in dem Hörbaren ein sittliches Element, ein Aehnlichkeitsausdruck
sittlicher Empfindungen (ὁμοίωμα τοῖς ἤϑεσιν) liege [1]), und schließt
seine Entwicklung mit den Worten: „Aus diesem Allem geht nun
klar hervor, daß die Musik das Vermögen besitzt, der Seele eine
gewisse sittliche Beschaffenheit zu geben. Wenn sie nun aber dies
zu leisten vermag, so folgt daraus offenbar, daß man die Jugend
zu ihr anleiten und in ihr ausbilden muß.“

Also: weil es ausgemacht ist, daß die Musik sittlich bildende
und veredelnde Kraft besitzt, darum ist sie ein nothwendiger Unter=
richts= und Bildungsgegenstand für die Jugend, gehört sie in den
Kreis der sittlichen Erziehungsmittel.

Aristoteles ist aber nicht so einseitig, daß er die Musik nur
von dieser einen Seite betrachten sollte. Er sagt es ausdrücklich,
daß das, was sie zu gewähren und zu leisten vermöge, ein Drei=
faches sei; daß sie außer dem pädagogischen Gesichtspunkte der sitt=
lichen Bildung (παιδεία), auch unter den Gesichtspunkten der spie=
lenden Ergötzung (παιδιά) von Jung und Alt und der würdigen
Ausfüllung der Muse des gereiften Mannes (διαγωγή) betrachtet
werden, daß sie mit einem Worte alles Drei leisten könne: sitt=

---

[1]) Polit. VIII. 5. § 7.

liche Bildung, harmlose spielende Ergötzung, und höchsten Genuß im ausruhenden Empfinden des Schönen. Aber bei der Jugend kommt eben nur das erste Moment in Betracht, „denn“, sagt er, „Lernen ist kein Spiel, und der Genuß des vollausgebildeten reifen Alters paßt nicht für das unreife.“ [1])

Die zweite Frage, welche Aristoteles beantwortet, ist die: ob der junge Staatsbürger die Musik zu jenem Zwecke sittlicher Bildung praktisch erlernen, d. h. ob er selbst singen und ein Instrument spielen lernen solle, oder ob er das nicht nöthig habe, und ob das bloße Anhören der Musik, welche Andere machen, ausreiche? Aristoteles entscheidet sich für das Erstere. „Zunächst, sagt er, ist es ein großer Unterschied in Bezug auf die Tüchtigkeit, welche Jemand in irgend etwas erlangen soll, ob er selbst die Sache durch eigene praktische Ausübung kennen lernt, oder nicht. Denn es ist ein Ding der Unmöglichkeit oder doch von großer Schwierigkeit, ein gründlicher Beurtheiler von Leistungen zu werden, auf deren Gebiete man sich nicht selbst praktisch versucht hat.“ — Ein goldner Spruch, den alle unsere Kunstkritiker über ihren Schreibtisch hängen sollten! — „Natürlich darf, setzt er hinzu, diese ausübende Beschäftigung mit der Musik nicht bis zum Virtuosenthum getrieben, der junge künftige Staatsbürger nicht mit virtuosistischen Gesangs- und Fingerübungen körperlich und geistig gemartert und handwerksmäßig verdummt werden. Dafür sind die Virtuosen von Fach da, aus deren halsbrecherischen und gauklerischen Kunststückchen sich freilich“ — es ist als ob wir einen heutigen Erzieher reden hörten! — „die Sucht es ihnen gleich zu thun und die Abquälerei der Jugend mit virtuosistischen Uebungen vom Concertsaale in den Unterricht der Jugend eingedrängt hat. Bei dem letzteren soll aber im Betreff der Musik eben nur darauf hingewirkt werden, daß der Unterrichtete befähigt wird, das Schöne der Melodien und Rhythmen

---

[1]) Polit. VIII. cp. 4. § 4., cp. 5. § 1.

mit bewußter Empfindung zu genießen, und nicht nur von der Musik im Allgemeinen einen angenehmen Eindruck zu empfinden; denn einen solchen allgemeinen angenehmen Eindruck haben davon auch manche Thiere und die große Masse der Sklaven und kleinen Kinder."

Eine dritte Frage betrifft die Instrumente, welche zu jenem Zwecke sittlicher Bildung die Jugend spielen lernen soll. Hier spricht sich Aristoteles gegen alle Blasinstrumente aus, und will nur solche von ihm nicht näher bezeichnete Instrumente angewandt wissen, welche bei ihren Hörern entweder musikalische Bildung (im ethischen Sinne) oder Bildung des Geschmacks, des Schönen über= haupt befördern. Alle andere Instrumente sind dem musikalischen Virtuosenthum zu belassen. Das Blasinstrument schon darum „weil es nicht dazu angethan ist, eine sittliche Stimmung in der Seele hervorzubringen (ἔτι δὲ οὐκ ἔστιν ὁ αὐλὸς ἠθικόν), sondern vielmehr leidenschaftaufregender Natur ist, so daß seine Anwendung — (die Musik der Blasinstrumente) nur bei solchen Veranlassungen und Gelegenheiten zulässig ist, wo das Anhören der Musik (ἡ θεωρία) vielmehr Katharsis als geistigbildende Wirkung hervor= zubringen im Stande ist. Setzen wir noch hinzu, fährt der Philo= soph fort, daß ihrer Wirksamkeit für den Bildungsunterricht auch der Umstand entgegensteht, daß das Spielen eines Blasinstruments die begleitende Anwendung der Rede unmöglich macht. Unsere Vorfahren haben daher mit Recht das Spielen des Blasinstruments aus dem Kreise der Jugend und überhaupt der freien Staats= bürger verbannt, obschon es dort in früheren Zeiten üblich war."

Aristoteles legt auf diese Verwerfung, über deren Gründe er sich noch weiter ausläßt, um so mehr ein großes Gewicht, weil er von dem spezifischen Musikvirtuosenthum, dem er das Blasinstru= ment zuweist, als ächter Hellene äußerst gering denkt. „Der spezi= fische Virtuose, sagt er, dessen Schauplatz der Concertsaal ist, be= treibt seine Kunst nicht um seiner eigenen geistigen und sittlichen

Vervollkommnung (ἀρετή) willen, sondern um des Vergnügens der jedesmaligen Zuhörer willen, das obenein ein sehr grob sinnliches ist. Solches Virtuosenthum halten wir daher freien Männern nicht anständig, sondern achten es als das Geschäft eines Miethlings. Auch bekommen ja, wie die Erfahrung lehrt, alle Virtuosen etwas gemein Handwerksmäßiges, schon weil der Maaßstab, den sie sich für das Ziel ihrer Leistungen setzten, ein sittlich schlechter (πονηρός) ist. Dieser Maaßstab ist ihr Hörerpublikum. Ist dieses überwiegend ein rohes und ungebildetes, so ändert es in der Regel auch die Musik nach sich um und zwar in dem Grade, daß es auch die Künstler selbst, die nach seinem Geschmacke ihre Kunstübungen einrichten, sowohl geistig als körperlich korrumpirt." [1]

Jetzt erst, nachdem alle diese für das Verständniß des Nächstfolgenden unerläßlichen Erörterungen voraufgeschickt sind, wendet sich Aristoteles zu dem letzten Punkte seiner Untersuchung. Diesen Punkt bezeichnet er selbst in der von Bernays allein für seine Erklärung angezogenen und übersetzten Stelle [2] mit den Worten:

„Endlich bleibt noch zu untersuchen übrig die Frage über die Harmonien (Tonarten) und Rhythmen, erstens, was den Gesichtspunkt der spielenden Ergötzung betrifft, ob man da alle Tonarten und alle Rhythmen, so viel ihrer sind, anwenden darf, oder ob man einen Unterschied machen muß. Zweitens: was die auf die Bildung der Jugend hinarbeitenden anbelangt, ob wir für diese denselben Unterschied festzusetzen haben werden, oder ob wir noch einen dritten Gesichtspunkt aufstellen müssen, da doch, wie wir gesehen haben, die Musik aus den zwei Grundelementen der Melodie und des Rhythmus besteht, und wir nothwendig wissen müssen, welche Wirkung jedes dieser beiden Elemente für die Erziehung hat, und ob in diesem Bezuge mehr die melodische Musik oder die eurhythmische den Vorzug verdient."

---

[1] Polit. VIII. 7. 1.
[2] Ebendas. 7. 2.

Aristoteles behandelt diesen Punkt mit einer gewissen bescheidenen Zurückhaltung. „Es haben, sagt er, mehrere von den Musikern unserer Tage und auch mehrere Philosophen, welche gründliche musikalische Kenntnisse besitzen, diese Materie so vortrefflich behandelt, daß ich diejenigen, welche sich gründlich und speziell ausführlich darüber aufzuklären wünschen, nur auf sie verweisen kann. Ich selbst will hier nur im Allgemeinen meine Ansicht darüber mittheilen." — Diese seine Ansicht spricht er nun in folgenden Worten aus:

„Wir schließen uns der Eintheilung einiger Philosophen an, welche die Gesänge scheiden: erstens in ethische, zweitens in praktische, und drittens in enthusiastische [1]), und von den Harmonien (Tonarten) aussagen, daß ihre Natur in Bezug auf jede einzelne dieser Arten von Gesängen eigenthümlich verschieden sich verhalte. Da wir nun zugleich das festhalten, daß man die Musik nicht nur eines, sondern mehrerer nützlichen Zwecke wegen treiben soll, nämlich erstens der sittlichen Bildung wegen, zweitens wegen der Katharsis — was ich unter dieser Katharsis verstehe, will ich hier nur im Allgemeinen angedeutet haben, in der Poetik dagegen, wo ich darauf zurückkomme, werde ich es deutlicher entwickeln — und drittens zum würdigen ausruhenden Genusse des Schönen — so erhellt, daß man zwar wohl alle Harmonien anwenden, aber nicht alle auf dieselbe Art anwenden darf. Vielmehr zum erziehenden und bildenden Unterricht nur die vorzugsweise ethischen, zum bloßen Anhören des Vortrags Anderer dagegen auch die praktischen (die zum thätigen Handeln anregen [2]), und die Enthusiasmus hervorrufenden. Der Affekt nämlich, welcher in einigen Gemüthern heftig

---

[1]) Ethische = die eine stetige sittliche Stimmung, praktische = die eine zur That angeregte Stimmung, enthusiastische = die eine begeisterte, verzückte Stimmung bewirken.

[2]) Vgl. Problem. XIX. 49., wo das „praktisch" durch tauglich zu Alarm und Marsch gegen den Feind erklärt wird.

auftritt, der ist von Natur in allen vorhanden, und nur das Mehr oder Minder macht einen Unterschied; z. B. Mitleid und Furcht, und ebenso Enthusiasmus. Denn auch dieser Bewegung sind Manche in einem übermäßigen Grade unterworfen, und wir sehen an den heiligen Gesängen, daß diese Menschen, sobald sie die Gesänge, welche die Seele in Verzückung versetzen[1], auf sich einwirken lassen, wieder zur Ruhe kommen, gleichsam als ob sie eine ärztliche Kur und Katharsis erfahren hätten. Die nämliche Wirkung müssen nun auch diejenigen empfinden, welche zu den Affekten des Mitleids und der Furcht neigen, und alle, welche zu irgend einem Affekte besonders disponirt sind; die übrigen aber, insoweit etwas von solchen Affekten auf eines jeden Theil kommt. Für Alle nämlich muß es eine gewisse Katharsis geben und ein mit Lust verbundenes Erleichtertwerden. Dem entsprechend gewähren auch die Gesänge, welche kathartischer Natur sind, den Menschen[2] eine unschädliche Freude. Deshalb mag man die Bestimmung treffen, auf solche Harmonien und solche Rhythmen diejenigen anzuweisen, welche als öffentliche concertirende Virtuosen die theatralische Musik ausüben. Da nun aber das Publikum derselben ein doppeltes ist, einestheils ein freies und gebildetes, anderntheils ein rohes, das aus niederen Handwerkern, Tagelöhnern und anderen dergleichen Leuten besteht, so muß man auch für die Letzteren zur Erholung musikalische Aufführungen und Concerte verstatten. Wie nun die Seelen dieses Theils des Publikums selbst sich in einem aus der naturgemäßen Beschaffenheit verschrobenen Zustande befinden, so giebt es auch in den Harmonien Absprünge und unter den Gesangmelodien die heftig

---

[1] Biese (Philos. des Aristoteles, II. S. 569) und Kapp (Staatspädagogik des Aristoteles, S. 170) übersetzten ἐξοργιάζουσιν falsch durch „aus der Begeisterung ziehen": welche falsche Uebertragungsweise auch in meiner eigenen Ausgabe der Aristot. Politik (S. 222) beibehalten ist.

[2] d. h. allen Menschen, selbst solchen, die eine solche kathartische Kur nicht nöthig haben.

erregten (syntonischen) und die überstarkgefärbten. Vergnügen ge=
währt aber Jedem nur das, was seiner eigenen Natur entsprechend
und verwandt ist. Darum eben muß man den auftretenden Vir=
tuosen erlauben, vor einem Publikum solcher Art sich auch irgend
einer solchen Gattung von Musik zu bedienen."

Was aber den Zweck des bildenden Jugendunter=
richts anbetrifft, so muß man sich dazu, wie gesagt, nur der
ethischen Melodien und der ethischen Harmonien bedienen. Eine
solche Harmonie ist aber, wie wir bereits früher sagten, die dorische.
Doch mag man auch diese und jene andere in den Jugendunter=
richt aufnehmen, welche uns die philosophisch Gebildeten und die
Schriftsteller über musikalische Erziehung mit guten Gründen an=
rathen."

Drittes Kapitel.

Unrichtige Folgerungen des Herrn Bernays aus den Sätzen des Aristoteles.

———

Wer dieser Aristotelischen Entwicklung mit Aufmerksamkeit ge=
folgt ist, wird vor Allem zwei Dinge zugeben müssen. Erstens: daß
es der Philosoph hier lediglich und allein mit der Musik zu
thun hat, daß dagegen von der Poesie, von der Kunst des Wortes, vom
Theater, von der Bühne als dem Schauplatze und Wirkungskreise
der dramatischen Poesie und namentlich der Tragödie, mit keiner
Sylbe die Rede ist, und daß also die Ausdrücke Katharsis und ka=
thartisch sich hier schlechterdings nur auf die Musik und auf die
musikalische Wirkung beziehen.

Zweitens: daß der metaphorische, von der Heilkunst entlehnte
Ausdruck „Katharsis", den Aristoteles hier auf das ästhetische Ge=
biet überträgt, in der Politik eben so wenig seinem ganzen
vielseitigen Umfange nach von dem Philosophen deutlich ge=
macht ist, als er von einem Späteren allein aus diesem Abschnitte
der Politik gewonnen werden kann. Es ist Aristoteles selbst, der
dies mit klaren Worten ausspricht. „Was ich, sagt er, unter
dem Ausdruck Katharsis verstehe, davon will ich jetzt nur soviel
sagen, daß ich die Metapher hier ganz einfach nehme" — (denn
nur dies kann der Sinn seiner Worte νῦν μὲν ἁπλῶς sein) —
„ich werde aber in den Vorträgen über Dichtkunst wieder darauf

zurückkommen und mich deutlicher darüber aussprechen." Aristoteles selbst also sagt es uns, daß wir über seine Auffassung des Ausdrucks Katharsis als eines ästhetischen Begriffs aus diesem Abschnitte der Politik nicht in's Klare kommen können, und daß es dazu einer deutlicheren Auseinandersetzung bedürfe.

Mit diesen beiden Sätzen, die, wenn irgend etwas, als feststehend erscheinen, befindet sich nun Herr Bernays im offenbarsten Widerspruche.

Er knüpft nämlich an die in der Uebersetzung mitgetheilte Stelle des siebenten Kapitels aus dem achten Buche der Aristotelischen Politik unmittelbar folgende Bemerkungen, die wir der Genauigkeit wegen mit seinen eignen Worten wiedergeben wollen. „Die Stelle, sagt er, mußte hier auch mit ihren letzten, nicht unmittelbar von Katharsis handelnden Sätzen vorgeführt werden, weil eben diese letzten Sätze den unwiderleglichen (?) Beweis liefern, wie durchaus fern dem Aristoteles der Gedanke des vorigen Jahrhunderts liegt, das Theater (?) zu einem Filial= und Rivalinstitut der Kirche, zu einer sittlichen Besserungsanstalt zu machen, wie rücksichtslos er vielmehr bemüht ist, ihm den Charakter eines Vergnügungsortes für die verschiedenen Klassen des Publikums zu wahren. Während Platon seinen ganzen Eifer aufbietet, um die neumodische, von der alten Einfachheit abweichende Musik als den Urquell aller Entsittlichung zu verpönen, will Aristoteles, daß man auch den Abarten der Musik ihren Spielraum lasse; weil es nun einmal ein verdorbenes Publikum giebt, das seiner Natur nach nur an verschnörkelter Musik Vergnügen findet, so soll man ihm da, wo es an seltenen Festen Vergnügen und Erholung sucht, auch solche minder gute Musik bieten, es nicht durch ganz gute Musik langweilen und bessern wollen. In dieser Ansicht über die Bestimmung des Theaters (?) ist die gebieterische Aufforderung gegeben, nun auch von der theatralischen [müßte heißen „tragischen"] Katharsis Alles fern zu halten, woburch das etwa darin liegende moralische [soll heißen:

„sittliche"] Element ein Uebergewicht über das hedonische (vergnüg=
liche) gewinne, sittliche Besserung als hauptsächlicher Zweck, Lust
und Vergnügen nur als unentbehrliche Mittel erscheinen."

Man traut seinen Augen nicht!

Denn: wo ist in der ganzen, von uns noch ausführlicher mit=
getheilten und in ihrem vollen Zusammenhange aufgezeigten Stelle der
Politik ein einziges Wort zu finden, das, nicht etwa ausdrücklich sagte,
— nein! aus dem auch nur mit einigem Scheine von Berechtigung
gefolgert werden könnte, daß Aristoteles, der es ganz allein dort
mit der Musik zu thun hat, vom Theater und von der Bühne, von
der Bühnenpoesie, vom Drama und der Tragödie spreche? daß er
auf diese beziehe, was er allein von der Musik sagt? Und zwar
nicht etwa von der Musik überhaupt, nicht von aller und jeder
Musik, nicht von der Musik in allem und jedem Betrachte, sondern
lediglich von einer ganz bestimmt genannten Unterart derselben, von
der Concertmusik des spezifischen von ihm äußerst gering geschätzten
Virtuosenthums! Doch ich besinne mich! Aristoteles braucht aller=
dings ein Paarmal den Ausdruck „Zuschauer" ($\vartheta \varepsilon \alpha \tau \acute{\eta} \varsigma$) für Zu=
hörer einer musikalischen Aufführung, aber er braucht ihn stets an
Stellen, wo kein Mensch darüber zweifelhaft sein kann, daß dieser
vom Zuschauen hergenommene Ausdruck lediglich das Publikum einer
rein musikalischen Aufführung, eines musikalischen Agon, d. h. wört=
lich, eines Concertes, bezeichnen könne. Ist doch auch die Bezeich=
nung der musikalischen Aufführung selbst durch das Wort „Theoria"
(= Schauspiel $\vartheta \varepsilon \omega \rho \acute{\iota} \alpha$) eine gleiche Freiheit, welche sich Aristoteles
dem Sprachgebrauche gemäß erlaubt. [1])

Aber nehmen wir einen Augenblick an, Herr Bernays hätte
Recht mit seiner Auslegung, welche den Aristoteles an jener Stelle
der Politik nicht blos von der Musik, sondern auch vom Theater
und vom Drama sprechen läßt, und sehen wir zu, welche noth=

---

[1]) z. B. VIII. Polit. 6. § 5.

wendigen Konsequenzen sich in diesem Falle aus den oben angeführten Worten des Hrn. Bernays ergeben. Diese Konsequenzen sind einfach folgende. Aristoteles würde dann nach Herrn Bernays behaupten:

1) Die Bühne, oder vielmehr die Tragödie — denn um deren kathartische Wirkung handelt es sich — habe mit geistiger und sittlicher Bildung (mit παιδεία und μάθησις) der Zuhörer durchaus nichts zu thun.

2) Die Bühne, also auch das tragische Theater, sei nichts weiter als ein bloßer Vergnügungsort für die verschiedenen Klassen des Publikums, habe keine andere Bestimmung als diese, dem Publikum Vergnügen und zwar diejenige Art von Vergnügen zu verschaffen, welche dem Geschmacke des größern, also des rohern und ungebildetern Theils desselben, entspreche.

3) Da es nun einmal empirisch auch ein rohes und ungebildetes Publikum oder wie Aristoteles sich ausdrückt ein „unnatürlich verdrehtes" Publikum gebe, das seiner Natur nach eben nur an ähnlich verdrehter Poesie Vergnügen finde, so solle man ihm da, wo es an seltenen Festtagen Vergnügen und Erholung sucht, auch solche schlechte Poesie, solche schlechte Tragödien bieten, es nicht durch ganz gute langweilen und bessern wollen!

Man sieht, das sind Sätze, gegen welche sich jedes Haar auf dem Haupte eines Aristoteles und jedes alten Hellenischen Philosophen und Aesthetikers sträuben würde. Und doch haben wir nichts gethan, als die eignen Worte des Herrn Bernays wiedergegeben, nur daß wir, seiner Ansicht gemäß, Poesie und Tragödie an die Stelle der Musik gesetzt und so die Konsequenzen seiner Behauptungen gezogen haben! — Wer dagegen diese von ihm dem Aristoteles untergeschobenen Sätze mit beiden Händen acceptiren würde, das sind die Direktoren und Poeten der Pariser Boulevard-Theater jenes Schlages, welche mit ihren Scheuel- und Greuelstücken so vortrefflich auf die Rohheit des Publikums zu spekuliren verstehen;

ober die modernen Dramenfabrikanten schlechtester Art, deren Muse die Tantieme, deren Leitstern das ungebildete und verbildete Publikum mit den Launen seines naturwidrig verdrehten und verdorbenen Geschmacks ist, die Dichter der breiten Bettelsuppen der Gemeinheit, bei deren Stücken es im allerbesten Falle heißt: ·

„Wenn sich das Laster erbricht, setzt sich die Tugend zu Tisch!"

„Da es nun einmal auch ein rohes und verdrehtes Publikum giebt, welches seiner Natur nach auch nur an ähnlich roher und verschrobener Poesie Vergnügen und Gefallen finden kann, so soll man ihm an seinen Fest= und Feiertagen, wo es im Theater Vergnügen und Erholung sucht, auch schlechte, seinem Geschmacke angemessene Stücke bieten!" — Das soll Aristoteles lehren? Derselbe Aristoteles, der es in seiner Poetik so nachdrücklich hervorhebt, daß die ächte und wahre Tragödie auf den schlechten Geschmack des Publikums gar keine Rücksicht nehmen darf? Derselbe Aristoteles, der es dort mit klaren Worten ausgesprochen hat, daß sich der wahre tragische Dichter z. B. nicht darum zu kümmern habe, wenn ein schwächliches Publikum, — wie es zu seiner Zeit zuweilen der Fall war, und wie es heutzutage wieder der Fall ist, — in der Tragödie das Laster bestraft und die Guten belohnt sehen wollte, und denjenigen Stücken den Vorzug gab, in denen dies geschah, ohne zu beachten, daß solch ein Ausgang und Abschluß vielmehr, wie Aristoteles hinzufügt, in die Komödie gehöre, und nichts weniger als diejenige Art der sittlich ästhetischen Befriedigung sei, welche man von der Tragödie zu verlangen habe? [1])

Ich sage nicht zu viel, wenn ich behaupte, daß von Platon und Aristoteles bis auf Lessing, Goethe und Hegel, die großen Begründer der modernen Aesthetik, keinem einzigen Menschen eine

---

[1]) Aristot. Poet. op. 13. Ἔστι δὲ οὐχ αὕτη ἀπὸ τραγῳδίας ἡδονὴ, ἀλλὰ μᾶλλον τῆς κωμῳδίας οἰκεία.

solche Auffassung der Bühne, und zwar der tragischen Bühne und der Tragödie, in den Sinn gekommen ist, wie sie Herr Bernays hier dem großen Denker unterlegt, in dessen Definition der Tragödie schon das eine einzige Wort: daß sie „Nachahmung einer sittlich ernsten (σπουδαίας) Handlung" sei, gegen die Zumuthung, daß nach seiner Ansicht das Vergnügen und gar das Vergnügen der ungebildeten und rohen Masse die „Bestimmung" der tragischen Bühne sei, den allerschlagendsten Protest erhebt.

Viertes Kapitel.
Aristoteles und die musikalische Katharsis.

———

Wir haben gesehen, daß der Grundirrthum des Herrn Bernays darin bestand, daß er dasjenige, was Aristoteles in der Politik lediglich von der Musik als solcher und zwar von einer gewissen Art der Musik und einer vom Gesetzgeber zu erlaubenden Anwendung derselben sagt, ganz allgemein auf das Theater, auf das redende Schauspiel übertragen, daß er den Concertsaal, das Odeum, — dessen äußere dem Theater nachgebildete Einrichtung allerdings wohl veranlassen konnte, das dort zum Hören versammelte Publikum mit dem Namen „Zuschauerpublikum" (ὁ θεατής) zu bezeichnen — mit der Bühne des redenden Schauspiels, des Drama's, der Tragödie, verwechselt hat.

Nachdem dies einmal geschehen war, sieht man allerdings leicht, wie unser Erklärer dazu kommen konnte, dasjenige, was Aristoteles ganz speziell gemeint hatte, zu generalisiren, und diejenige Wirkung, welche der Philosoph nur einer gewissen Art von Musik zuschreibt, nämlich die den Affekt entladende, und so den Hörer von einem Drucke entlastende, befreiende und erlösende Wirkung, die Wirkung von Musikaufführungen, welche, wie er sagt, „vielmehr auf Katharsis als auf geistige Bildung abzielen", als diejenige Wirkung aufzufassen, welche die alleinige sei nicht nur für alle musikalischen Kunstaufführungen, sondern auch für die Kunst der dramatischen Poesie

2*

unb der Tragödie in ihrem weitesten Umfange. Und doch sagt uns Aristoteles an der Stelle, wo er zuerst und ganz ohne weitere Bemerkung das Wort „Katharsis" braucht [1]), mit klaren Worten, daß er diese Art von Wirkung der Musik nur als einen Theil, nur als eine Seite ihrer Leistungsfähigkeit auffaßt. Er sagt es mit ben gar nicht zu mißverstehenden Worten: „In der Staatserziehung ist das Blasinstrument ($ὁ\ αὐλός$, b. h. alle unsern Klarinetten, Hoboen, Fagotten u. s. w. ähnlichen Instrumente), da sein Charakter kein sittenbildender (ethischer), sondern nur ein orgiastischer, stürmische Leidenschaft erregender ist, zu beschränken auf solche Fälle und Gelegenheiten, in welchen es die Erregung stürmischer Leidenschaft gilt, zu beschränken auf solche musikalische Exhibitionen, mit welchen für den Hörer vielmehr Katharsis als geistige Erhebung und Förderung bezweckt wird." [2]) Solche Fälle, solche „Gelegenheiten" der Anwendung, wie Aristoteles sich ausbrückt, sind, um nur ein einziges naheliegendes Beispiel anzuführen, das Aristoteles an einem anderen Orte selbst braucht, Alarm und Kriegsmarsch [3]), für welche, wie er hinzusetzt, die kräftige, zur That erweckende ($πρακτική$) hypophrygische Tonart und die in ihr komponirten Tonstücke sich am besten passen, und denen ihrerseits wieder das Blasinstrument am besten zum Ausbruck dient. Dieses Instrument, sein Ton und sein Spiel haben, wie Aristoteles wiederholt einschärft, auf das Gedankenmäßige, auf Erzeugung einer sittlichen Stimmung im Menschen gar keinen Einfluß, und das ist nach seiner Meinung auch die wahre Bedeutung der bekannten „sehr artigen Mythe", nach welcher „Athene als die Göttin der

---

[1]) Polit. VIII. 6. 5.

[2]) Polit. a. a. D. $Ἔτι\ δὲ\ οὐκ\ ἔστιν\ ὁ\ αὐλὸς\ ἠθικόν,\ ἀλλὰ\ μᾶλλον\ ὀργιαστικόν,\ ὥστε\ πρὸς\ τοὺς\ τοιούτους\ αὐτῷ\ καιροὺς\ χρηστέον,\ ἐν\ οἷς\ ἡ\ θεωρία\ κάθαρσιν\ μᾶλλον\ δύναται\ ἢ\ μάθησιν.$

[3]) Probl. XIX., $ἐξόπλισις\ καὶ\ ἔξοδος.$

Weisheit und Kunst, die von ihr gefundene Klarinettflöte sofort weggeworfen haben soll." [1]

Haben wir so den Grundirrthum des neuesten Auslegers der von Aristoteles in seiner Politik ausgesprochenen Ansichten über die Musik, wie es uns scheint, unwiderleglich nachgewiesen; haben wir gezeigt, daß dasjenige, was Aristoteles dort von der Musik aussagt, auf Poesie und Drama, auf die Bühne und Tragödie unmöglich bezogen werden kann, so liegt uns zunächst ob, selbst positiv anzugeben: was denn der alte Denker in der Politik eigentlich mit der Katharsis gemeint hat?

Die Antwort auf diese Frage ist nach dem Vorherentwickelten leicht zu geben.

Aristoteles sagt es uns selbst, daß er den Ausdruck Katharsis, den er zugleich als einen metaphorischen bezeichnet, hier, in der Politik, in seiner einfachsten und schlichtesten Bedeutung ($\nu\tilde{\nu}\nu$ $\mu\grave{\epsilon}\nu$ $\dot{\alpha}\pi\lambda\tilde{\omega}\varsigma$) genommen habe. Diese einfachste und schlichteste Bedeutung ist nun eben diejenige, welche Herr Bernays zuerst mit gründlicher Gelehrsamkeit als eine rein pathologische und medizinische nachgewiesen hat. Das griechische Wort „Katharsis", sagt er [2]), bezeichnet eben nur eine besondere Art des allgemeinen und deshalb von Aristoteles auch an erster Stelle genannten Heilverfahrens, der medizinischen Kur ($\iota\alpha\tau\rho\epsilon\acute{\iota}\alpha$) überhaupt. Es bedeutet, ohne Metapher gebraucht, jede Art von medizinischer Ableitung, Abführung, erleichternder Entladung, wie sie z. B. in der Medizin dem Patienten durch Abführungsmittel, Fontanelle und dergleichen gewährt wird. Der metaphorische Gebrauch eines solchen Ausdrucks hat an und für sich durchaus nichts Anstößiges. Er hat es um so weniger bei Aristoteles, der als Sohn eines königlichen Leibarztes am Makedonischen Hofe, wahrscheinlich sogar selbst, wie Bernays

---

vortrefflich nachgewiefen hat [1]), die ärztliche Kunft in feiner Jugend zeitweilig ausübte, und in deffen Schriften wir deshalb gar nicht felten Ausdrücken und Bemerkungen begegnen, die an jene feine frühere ärztliche Beschäftigung erinnern. Herr Bernays führt davon aus der Phyfik des Philofophen ein fehr intereffantes Beifpiel an [2]), aber auch die Politik ift reich an folchen Zeugniffen, von denen wir in der Note einige bezeichnen wollen. [3])

Doch zurück zur mufikalifchen Katharfis, denn mit diefer, und mit diefer allein, hat es Ariftoteles in der Politik zu thun. Wir haben fchon gefehen, in welchem Zufammenhange der Philofoph diefen Ausdruck zuerft und ohne weitere Bemerkung braucht. Es ift an der Stelle, wo er von den Blasinftrumenten und von der Blafemufik fpricht, die er vom ftaatspädagogifchen Gefichtspunkt aus „auf folche Fälle und Gelegenheiten" befchränkt haben will, wo die Mufik „nicht auf fittliche Wirkung, fondern vielmehr auf Katharfis ausgehe". Halten wir den medizinifch pathologifchen Urfprung des Ausdrucks feft, fo ergiebt fich die Bedeutung deffelben in diefer Stelle von felbft. Es find diejenigen „Fälle und Gelegenheiten" gemeint, wo das menfchliche Gemüth einer erleichternden Befreiung, oder — um die von Herrn Bernays angewendete Ueberfetzung des Worts beizubehalten — einer befreienden Entladung der in feinem Innern gewaltfam zufammengepreßten Empfindungen und Affekte bedarf. Diefe befreiende Entladung bewirkt z. B. die kriegerifche Mufik, die den Krieger zum Kampfe ruft, der

---

[1]) Seite 144 193—194.

[2]) Ariftot. Phyf. II. 8. extr.

[3]) So z. B. die intereffante Stelle Polit. III. cp. 6. § 8., wo er nachweift, daß nicht allein der bloß praktifche Arzt, der eine Krankheit zu kuriren verfteht, über medizinifche Kuren und Heilverfahren ein Urtheil habe, fondern auch der theoretifche Mediziner, ja fogar der allgemein gebildete Laie. Ferner ebend. cp 10. § 4. u. cp 11. § 5—6. Vgl. VII. 2. 3., VII. 12. 1. Stellen, welche alle den ehemaligen praktifchen Arzt zeigen, und die jeder gefcheute Arzt auch jetzt noch mit großem Intereffe lefen wird.

schmetternde Klang der Blasinstrumente in der Marschweise, die
dem stürmischen Drange, dem begeisterten Muthe der glühenden
Kampfluft Ausdruck giebt. Dieselbe entladende, befreiende Wirkung
der Musik, nur auf einem anderen Gebiete der Empfindung, hat
Goethe gemeint, wenn er in dem herrlichen Schlußgedichte der
Trilogie der Leidenschaft in einem Momente, wo der gepreßten
Brust des Dichters selbst die Kraft gebricht, „zu sagen was er
leide“, wo die „Beklommenheit“ des Herzens ihm unerträgbar erscheint, die Musik befreiend zu Hülfe kommen läßt:

> „— Da schwebt herab Musik mit Engelsschwingen,
> Verflicht zu Millionen Tön um Töne,
> Des Menschen Wesen durch und durch zu bringen,
> Zu überfüllen ihn mit ewger Schöne.
> Das Auge netzt sich, fühlt im höhern Sehnen
> Den Götterwerth der Töne wie der Thränen.“

„Das Auge netzt sich!“ Die geistige Befreiung, welche dem
„beklommenen“, von dem Schmerz um seinen „allzugroßen“ Verlust zusammengeschnürten Herzen durch die Musik, durch das Mei-
sterspiel jener schönen Künstlerin zu Theil wird, deren rührende
Töne seinem Empfinden den Ausdruck geben, den der Beklommene
selbst seinem Schmerze nicht zu geben vermag, diese Gemüths-
befreiung stellt sich auch rein äußerlich dar in der erleichternden
Thräne, die das Auge des Leidenden endlich wohlthuend netzt —

> „Und so das Herz, erleichtert, merkt behende,
> Daß es noch schlägt und ewig möchte schlagen; —“

Schöner ist die kathartische Wirkung der Musik, die homöopathische Kur, die dem Gemüthe durch sie widerfährt, schwerlich jemals ausgesprochen worden. Die homöopathische sage ich; denn
sicherlich ist es in diesem Falle nicht „lustige Musik“ gewesen, die
dem traurigen Dichter das gepreßte Herz befreite, der sicherlich mit
Shakspeare's melancholisch träumender Jessica sagen mochte:

I am never merry when I hear sweet music!

Also: wie die abführende Kurmethode in der Medizin dem an Ueberfüllung irgend welcher Art Leidenden durch Entladung, durch Katharsis, Erleichterung schafft, so die Musik dem übervollen Gemüthe des Menschen. Das ist heute noch so richtig und treffend, wie es vor mehr als zweitausend Jahren war. Der Glückliche möchte seinen Jubel hinausjauchzen, der Tiefbetrübte seine Schmerzensklage hinausrufen in die ganze Welt. Doch er kann es nicht, und daß er es nicht kann, preßt ihm das Herz ab. Aber wie der Glückliche, der in dem endlich erhaltenen Jawort der Geliebten eine Welt empfangen zu haben meint, wie der feurige Krieger, der junge Held, dem am grauenden Schlachtmorgen die Kampfeslust bis zum Zerspringen die Brust schwellt, sich erleichtert und befreit fühlen, wenn die Melodie eines Jubelchors oder eines feurigen Triumphmarsches beider Gefühl auf ihre Schwingen nimmt, und aus der Enge der Brust in die Weite der Welt hinausführt: eben so fühlt der Verzweifelnde am Grabe eines geliebten Menschen, fühlt der auch nur vom mitleidenden Schmerze um den Verlust eines andern überwältigte Mensch sich das Herz entladen und erleichtert, wenn die Töne eines Requiems oder die herzerschütternde Grabesmelodie eines Chorals in die Tiefe seiner Brust bringen und ihm die Seele lösen, indem sie dem gepreßten Gefühl Aeußerung verleihen. Gewiß! so und nicht anders hat Aristoteles den Begriff der musikalischen Katharsis gefaßt. Wir befinden uns hier im vollen Einverständnisse mit Herrn Bernays, wenn derselbe darauf hinweist, daß „gleich das erste auf der allgemeinen griechischen Erfahrung über Verzückte beruhende thatsächliche Beispiel einer Katharsis, aus welchem der Philosoph dann auch für alle übrigen Gemüthsbewegungen die Möglichkeit einer ähnlichen kathartischen Behandlung folgert, ein pathologisches sei." [1] Wir stimmen ihm aus voller Ueberzeugung bei in demjenigen, was er weiterhin [2] über die homöopathische

---

[1] Bernays, S. 141.   [2] Ebendas. S. 175 ff.

Heilung der Verzückten und Außersichseienden durch sogenannte heilige Weisen und Lieder im orientalischen und griechischen Alterthum erklärend beibringt. Es ist eine Thatsache, „daß der öffentliche Kultus dem orgiastischen Taumel feste Formen der Besänftigung bestimmte“, und daß zu den priesterlichen Mitteln für die Beruhigung der Ekstase „auch ein Verfahren gehörte, welches Bewegung durch Bewegung, das lärmende Gemüth durch ein lärmendes Lied dämpfte“; und es ist ebenso unleugbar, daß Aristoteles „um die offenkundige, aber von der Menge unbegriffene und deshalb für heilig angestaunte Erscheinung sich philosophisch zurechtzulegen, dieselbe ähnlichen medizinischen Erfahrungen vergleichend anreihte“. Ebenso hat Herr Bernays ganz vortrefflich nachgewiesen, wie Aristoteles dahin geführt worden ist, das Phänomen dieser ekstatischen Katharsis erweiternd zu generalisiren, das Heilverfahren, dessen Wirkung sich bei der objektlosen Ekstase bewährt, auch auf das von bestimmten Objekten angeschürte Pathos zu übertragen. Denn alle Arten von Pathos sind wesentlich ekstatisch, setzen den Menschen mehr oder minder „außer sich“; was sich also dort als Mittel bewährt, muß sich auch hier bewähren. „Jeder Affekt, sagt Herr Bernays[1]), mag das ihn hervorrufende Objekt noch so sinnvoll erscheinen, enthält, weil ein ekstatisches, auch ein hedonisches, ein Lustelement, und eine Sollicitation des Affekts, welche ihm sein Objekt so vorzuhalten versteht, daß jene ekstatische, von innen her die Persönlichkeit erweiternde Lust das Uebergewicht bekommt über die Gewalt des von außen her die Persönlichkeit gleichsam zusammendrückenden und daher mit Unlust erfüllenden Objekts, wird den affizirten Menschen „unter Lustgefühl erleichtern[2]), d. h. ihm eine Katharsis gewähren.“

Dies Alles ist richtig. Richtig ist auch die weitere Bestim-

---

[1]) Seite 187.
[2]) κουφίζεσθαι μεθ’ ἡδονῆς. Aristot.

mung, daß die von Ariftoteles in der Politik befprochene muſika=
lifche Katharſis ein technifcher, vom Körperlichen auf Gemüth=
liches übertragener Ausbruck für folche Behandlung eines (gemüth=
lich) Beklommenen ift, welche das ihn beklemmende Element nicht
zu verwandeln oder zurückzubrängen fucht, fondern es aufregen, her=
vortreiben und dadurch Erleichterung des Beklommenen bereiten
will. [1]

Was aber folgert daraus Herr Bernays für die tragifche Ka=
tharſis, für die Katharſis, welche nach der Ariftotelifchen Definition
in der Poetik die Tragödie, die Schöpfung des Dichters hervor=
bringt? Wir wollen darauf in dem folgenden Kapitel die Ant=
wort geben.

____

[1] Bernays, S. 144.

Fünftes Kapitel.

Die tragische Katharsis des Herrn Bernays.

———

Daß Aristoteles, wie Herr Bernays ausführt, sowohl in der
Politik als in der Poetik den metaphorischen Ausdruck Katharsis
auf den Hörer bezogen, daß er die Katharsis als einen Vorgang
im Gemüth des Hörers und Zuschauers aufgefaßt wissen will, dar=
über kann allerdings kein Zweifel obwalten. [1]   Auch wüßte ich
Niemanden, der daran gezweifelt hätte, höchstens etwa Goethe aus=
genommen, dessen Auslegung der Aristotelischen Definition man
wohl als für immer beseitigt ansehen kann, da sie ebensowohl dem
wahren Gedankenzusammenhange des Aristotelischen Philosophirens
als den einfachsten Gesetzen sprachlicher Erklärung zuwiderläuft.

Herr Bernays geht aber weiter.   Seine Erklärung der tragi=
schen Katharsis ist nämlich, um es kurz zu sagen, in folgende Sätze
zu fassen:

1) Die Katharsis in der Aristotelischen Definition der Tragö=
die, also die Aristotelische Lehre von der Wirkung der Tragödie,
bezieht sich nicht auf die Zuhörer im Allgemeinen, sondern nur auf
solche Zuhörer, bei denen die Affekte Furcht und Mitleid als vor=
herrschende, stets zum Ausbruche bereite, ihrer Persönlichkeit inhä=
rirende Gemüthsaffektionen (als $\pi\alpha\vartheta\acute{\eta}\mu\alpha\tau\alpha$) vorhanden sind. Darum

———

[1] **Bernays**, S. 149.

eben hat Aristoteles in seiner Definition den Ausdruck παθήματα (nicht πάθη) gebraucht. Nur die mit diesen Affektionen des Mitleids und der Furcht vorzugsweise gleichsam chronisch und habituell behafteten, diesem festgewurzelten Hange unterworfenen Individuen werden also durch die Tragödie von ihrer Beklemmung, und zwar eben auch nur vorübergehend, entladen und erleichtert. [1]

2) Diese Katharsis, diese Erleichterung der mit jenen beiden Gemüthsaffektionen „habituell und chronisch“ behafteten Individuen, geschieht aber in der Tragödie auf keine andere Weise als dadurch, daß durch Erregung von Mitleid und Furcht in der vorgestellten Dichtung ihre eigenen im Uebermaß bei ihnen vorhandenen mitleidigen und furchtsamen Affektionen sollicitirt, d. h. zum Ausbruche gereizt und so entladen werden! [2]

Also: die tragische Katharsis, die kathartische Wirkung der Tragödie ist nach dieser Erklärung ganz dieselbe, und geschieht ganz in derselben Weise wie die Katharsis durch die kathartische Musik. Die Menschen, die das Unglück haben, allzusehr den Affekten des Mitleids und der Furcht unterworfen zu sein, werden geradeso mit Tragödien behandelt, wie die Ekstatischen und Verzückten mit Musik. Sie erhalten durch die Tragödie Gelegenheit, ihre habituellen Leidenschaften, ihre vorwaltenden Gemüthsaffektionen, die sie in das Theater mitbringen, auszulassen, zu „entladen“, und sich dadurch für einige Zeit zu erleichtern. „Es wird, sagt Herr Bernays, eine Entladung, eine Ableitung des Hanges zu Furcht und Mitleid bewirkt.“ Die Tragödie dient also als eine Art Abführungsmittel, als Ableitungsfontanelle zweier Gemüthsaffektionen!

Sollte man es glauben, daß eine solche Erklärung in dem Jahrhunderte Hegel's möglich sei? Daß ein gelehrter und scharfsinniger Mann all seine Gelehrsamkeit und all seinen Scharfsinn

---

[1] Bernays, S. 148—150.

[2] Ebendas. S. 148.

darauf verwenden mochte, aus dem Aristoteles eine Ansicht herauszuinterpretiren, vor deren materialistischer Plattheit sich ein Nikolai entsetzen würde? Sollte man es glauben, daß ein solcher Mann so stolz auf diese seine, allerdings absolut neue und unerhörte Entdeckung des wahren Wesens, der wahren Wirkung der Tragödie — denn dafür gilt ihm diese Abführungstheorie — sein könnte, daß er „allen Erklärungen der Aristotelischen Definition, welche mit dem aus der Politik gewonnenen terminologischen Ergebnisse sich nicht reimen lassen, auch wenn sie noch so streng grammatisch sind und noch so friedlich sich mit moderner Aesthetik vertragen, selbst den Anspruch auch nur auf Gehörtwerden aberkennt?" „Denn sie sind, sagt er, eben nichts als grammatisch und modern ästhetisch, unmöglich aber können sie richtig d. h. Aristotelisch sein." [1] — Wie aber, wenn die Erklärungen, welche die von Herrn Bernays überall mit einem gewissen verachtenden Seitenblick behandelte moderne Aesthetik von Aristoteles' Definition der Wirkung der Tragödie giebt, nicht nur mit Philosophie und Grammatik, sondern auch mit jenem aus der Politik gewonnenen terminologischen Ergebnisse im besten Einklange ständen? Wenn der Aesthetiker dem Philologen zurufen könnte: Mein Bester! es ist mir niemals eingefallen, den allergeringsten Zweifel daran zu hegen, daß der Ausdruck Katharsis in der Politik wie in der Poetik von Aristoteles als ein metaphorischer, von der Medizin entlehnter gebraucht, daß durch diesen vom Körperlichen auf das Gemüth übertragenen Ausdruck in beiden Schriften eine Erleichterung, eine Entlastung, oder meinetwegen eine „Entladung" des Hörers bezeichnet ist! So wenig bekannt auch die Reiz'sche Ausgabe der beiden letzten Bücher der Politik sein mag, so ist sie doch selbst mir, dem Aesthetiker nicht so unbekannt geblieben, daß ich seine dortige Erklärung von „Katharsis" nicht schon bereits vor länger als einem Menschenalter gelesen und

---

[1] Bernays, S. 147.

ebenso wie Sie gefunden hätte, daß dieselbe ganz richtig, daß sie die allein richtige ist? Werden Sie uns anderen jetzt wenigstens Anspruch auf Gehör zuerkennen, wenn wir Ihnen sagen, daß wir die Metapher „Katharsis" gerade so wie Sie verstehen, daß wir deren Bedeutung gleichfalls als eine pathologische auffassen, daß wir endlich auch Ihre Erklärung der kathartischen Wirkung der Musik, d. h. freilich eben nur derjenigen Art von Musik, welche Aristoteles die zur Katharsis geeignete nennt, sehr gern billigen, während wir trotz alledem gegen Ihre absolut unberechtigte, unphilosophische, ja sogar theilweise sprachwidrige Uebertragung der nackten musikalischen Katharsis auf die poetische Katharsis der Tragödie im Namen der Philosophie und Aesthetik und was mehr sagen will im Namen des Aristoteles den allerstärksten Protest einlegen?"

Es ist aber dies kein Protest „voreiliger Zimpferlichkeit, welche über vermeintliches Herabziehen der Aesthetik in das medizinische Gebiet vornehm die Nase rümpft."[1] Die moderne Philosophie ist keine „zimpferliche" nervenschwache Theeschwester; sie ist leiblich gesund und stark und kann, was man sagt, einen Puff vertragen, selbst einen solchen, wie ihn diese neuste Erklärung der Aristotelischen Lehre von der Wirkung der Tragödie ihr versetzen möchte. Ihr Protest beruht vielmehr auf sehr guten Gründen. Hier sind sie!

Erstens: Aristoteles selbst sagt in der Politik mit ganz unzweideutigen Worten, daß die Katharsis, von welcher er im Betreff der Musik rede, den Begriff dieses ästhetischen Terminus nicht erschöpfe, daß derselbe vielmehr einer weitläufigeren Erklärung bedürfe, die er später in der Poetik erhalten werde. Diese Erklärung fehlt uns in der heutigen Aristotelischen Poetik. Aber was uns nicht fehlt, ist die Gewißheit, daß nach Aristoteles' Ansicht die musikalische Katharsis und die Katharsis der Tragödie unmöglich ganz

---

[1] **Bernays**, S. 143.

dieselben Dinge sind, daß sie keineswegs in derselben Weise ge=
schehen und auf dasselbe Resultat hinauslaufen. Denn

Zweitens: gesetzt dies wäre nach Aristoteles der Fall, wie
es nach Herrn Bernays Erklärung der Fall ist, wozu die Verwei=
sung auf die Poetik? wozu die Verweisung auf eine Erläuterung,
die doch nichts weiter besagen könnte, als was jetzt Herr Bernays
auch ohne sie lehrt, nämlich dies: „Ganz so, wie die kathartische
Musik die Verzückten und Ekstatischen dadurch beruhigt und zeit=
weilig kurirt, daß sie den Zustand derselben bis zur Entladung stei=
gert, und ihnen dadurch Erleichterung schafft, ganz ebenso wirkt die
Tragödie auf die Mitleidigen und die Furchtsamen!"

Drittens: Die Erklärung des Herrn Bernays stützt sich
wesentlich auf seine Ueberſetzung des griechiſchen Worts Pathemata
(παϑήματα) in der Aristotelischen Definition. Er weist ganz richtig
nach, daß Aristoteles, zumal in einer Definition, dieses Wort nicht
gleich πάϑη gebraucht haben könne, daß beide Ausdrücke streng ge=
nommen unterschieden seien, wie vorübergehender, augenblicklicher
und zufälliger Affekt von der dauernden, habituellen, dem Men=
schen inhärirenden Affektion, und er hat eben so Recht, daß in
einer so scharf und prägnant ausgedrückten Definition, wie die
Aristotelische der Tragödie, jedes Wort streng genommen und auf
die Goldwage gelegt werden müsse. Wie aber, wenn dies fragliche
Wort noch eine dritte nicht minder sprachgemäße Bedeutung hätte,
und wenn diese dritte Bedeutung gerade diejenige wäre, in der es
hier allein genommen werden kann? In der That, so ist es. Das
Wort πάϑημα hat nämlich allerdings zunächst die doppelte Be=
deutung, daß es, im weitern Sinne genommen, einfach für πάϑος
steht, den Affekt als Zustand eines Leidenden, den unerwartet aus=
brechenden und vorübergehenden Affekt, im engeren dagegen den
Affekt als dauernde qualitative Affektion bezeichnet. Aber es hat
auch noch eine dritte Bedeutung, die z. B. in dem Herodotischen

Spruche [1] παθήματα μαθήματα, d. h. Leiden sind Lehren oder durch Leiden lernen wir, ausgedrückt ist, und zufolge deren es ein einzelnes Erleidniß, einen erhaltenen Eindruck leidvoller Art ebenso bezeichnet wie μάθημα eine Erkenntniß, einen Eindruck auf unsern Verstand. [2] Ist dies richtig — und ich denke es wird wohl richtig sein — so lautet die Aristotelische Definition von der Wirkung der Tragödie vielmehr folgendermaßen:

> Tragödie ist Nachahmung einer ernstbedeutenden, in sich abgeschlossenen, von gegenwärtig handelnden Personen uns vorgeführten Handlung, welche (d. h. welche Nachah =
> mung) — — durch Mitleid und Furcht (die beiden noth =
> wendigen Elemente jeder solchen Handlung, welche keiner tragischen Dichtung fehlen dürfen [3] die reinigende Er =
> leichterung von solchen Erleidnissen zu Wege bringt.

Und jetzt wollen wir sehen, ob diese Uebersetzung nicht einen unendlich würdigeren Sinn der Aristotelischen Definition giebt, ob die reinigende Erleichterung, welche der Zuschauer, — d. h. jeder gebildete Zuschauer, auf den eine Tragödie überhaupt wirken kann, nicht nur der krankhafte speziell an Uebermaß von Furcht und Mit = leid leidende Zuschauer — empfängt, nicht eine unendlich großarti = gere, erhebendere ist, als die Bernays'sche Abführungstheorie.

Aber halt! würdiger und erhebender oder nicht, — es kommt

---

[1] Herod. I. 207., τὰ δέ μοι παθήματα, τὰ ἐόντα ἀχάριτα, μαθήματα γεγόνεε. Vgl. Dionys. Halic. A. R. VIII. 3. Blomfield Glossar. zu Aeschyl. Agam. V. 170. Und endlich Aristoteles selbst in der Poetik XXIII. § 1.

[2] Ebenso bedeutet das Abstraktum πάθος bei Aristoteles auch den konkreten Fall, wie z. B. Poet. XI. 6.: πάθος δ' ἐστὶ πρᾶξις φθαρτικὴ ἢ ὀδυνηρά. Poet. XIV. § 4. u. § 11.

[3] Aristot. Poet. 9. § 10.: ἐπεὶ δὲ οὐ μόνον τελείας πράξεως ἡ μίμησις ἀλλὰ καὶ φοβερῶν καὶ ἐλεεινῶν. —

darauf an, daß unsere Erklärung nicht blos sprachlich richtig und mit der modernen Aesthetik im Einklange, sondern daß sie auch, und zwar vor Allem Aristotelisch sei. — Dies letztere also werden wir zunächst zu erweisen haben. Zuvor aber gilt es, erst noch einige Hülfstruppen aus dem Felde zu schlagen, welche Herr Bernays zur Verstärkung seines bisher nur noch, wie er selbst zugesteht, durch „Logik und Methode" aus der Aristotelischen Politik gewonnenen Resultats in's Feld geführt hat.

Sechstes Kapitel.
Die Neuplatoniker und die Aristotelische Katharsis.

———

Die verdeutlichende Auseinandersetzung und Erklärung, welche
Aristoteles über das was er Katharsis nannte, in seiner Poetik zu
geben für nothwendig erachtet hatte, ist verloren. „Aber, sagte sich
Herr Bernays, wenn auch das betreffende ausführliche Kapitel, eben
weil es so umfänglich und von rein philosophischen Erörterungen
angefüllt war, von dem um reine Philosophie wenig bekümmerten
Abkürzer der Aristotelischen Poetik unbarmherzig weggeschnitten wor=
den ist [1]), so müssen diese Erörterungen doch darum noch nicht in
allen ihren Theilen unwiderbringlich verloren sein.“ Er spähte
also auf gut Glück in allen Winkeln der griechischen Literatur um=
her, und richtig gelang es ihm, aus ihren spätesten Erzeugnissen ein
Paar interessante Stellen aufzufinden, in welchen seine Theorie von
der Sollicitation der Affekte und ihre Anwendung auf dem Gebiete
der Aesthetik für die Wirkung der Tragödie als ächt Aristotelisch
bestätigt zu werden schien.

Betrachten wir diese Stellen genauer. Da ist zuerst ein Neu=
platoniker des vierten nachchristlichen Jahrhunderts, der Syrer Jam=
blichos, der in einem Streithandel mit dem Tyrier Malchus (Por=
phyrius) über die Rechtfertigung gewisser heiligen Abscheulichkeiten

———

[1]) Bernays, S. 145—146, S. 154.

in gewissen heidnischen Kulten, die Wendung brauchte: „durch das Sehen und Hören solcher schmutzigen Dinge in den Tempelkulten befreiten die Andächtigen sich von dem Schaden, den die wirkliche Ausübung derselben mit sich bringen würde." Diese nach dem krassesten Jesuitismus schmeckende Apologetik leitet der genannte Schriftsteller mit folgender theoretischer Begründung ein: „Die Kräfte der menschlichen Leidenschaften in uns werden, wenn wir sie ganz und gar in Bande legen, nur um so gewaltsamer; wenn sie aber zeitweilig zu einer kurzen Aeußerung, die das Maaß nicht überschreitet, hervorgelassen werden, so haben sie einen mäßigen Genuß, thun sich ein Genüge und geben sich dann, eben weil sie erleichtert worden sind (ἀποκαθαιρόμεναι), von selbst und ohne Gewalt zur Ruhe. Eben deshalb bringen wir in der Komödie und Tragödie durch Anschauen fremder Leidenschaften unsre eignen Leidenschaften zur Ruhe, machen sie mäßiger und erleichtern sie." [1]) Herr Bernays findet hierin den reinen Goldgehalt der ächt Aristotelischen Sollicitationstheorie, die ächte Aristotelische Lehre von der kathartischen Wirkung der Tragödie. Und ohne einen Anstoß daran zu nehmen, daß der Neuplatoniker Komödie und Tragödie in denselben Topf der Katharsis wirft, behauptet er: daß diese oben übersetzten Worte „keimkräftige Kerngedanken" enthalten, wie sie nur aus Aristoteles selbst und zwar aus dessen vollständiger Poetik entnommen [2]), in keinem Falle aber von nacharistotelischen Peripatetikern hätten gefaßt und in Umlauf gesetzt werden können. Wir gestehen, daß wir unsrerseits aus jenen Worten nichts Aristotelisches

---

[1]) Διὰ τοῦτο ἐν τε κωμῳδίᾳ καὶ τραγῳδίᾳ ἀλλότρια πάθη θεωροῦντες ἵσταμεν τὰ οἰκεῖα πάθη, καὶ μετριώτερα ἀπεργαζόμεθα, καὶ ἀποκαθαίρομεν.

[2]) Herr Bernays glaubt sogar (S. 162) in der ersten Hälfte des Jamblichschen Satzes „so ziemlich die eignen Worte des Aristoteles aus dem verlorenen Theile der Poetik zu erkennen", und da ihm der Ausdruck πάθη in dem Jamblichschen Texte nicht paßt, so schlägt er vor, denselben in παθήματα (τὰ οἰκεῖα παθήματα) zu ändern.

weiter zu entnehmen vermögen, als die bekannte Lehre von dem
mäßigen Spielraume, den die menschlichen Leidenschaften haben
müssen, daß uns dagegen die Theorie von der Beruhigung unsrer
eignen Leidenschaften durch Anschauen der Leidenschaften Anderer
in Tragödie und Komödie auf die trivialste Moralwirkung hinaus=
zulaufen scheint; ganz abgesehen davon, daß wir die schließliche
Vergleichung dieser Moralwirkung der dramatischen Poesie mit der
Wirkung des Anschauens der sittenlosen Kultdarstellungen als eine
Ungereimtheit betrachten.

Den zweiten noch stärkeren Beweis dafür, daß Aristoteles in
dem verlorenen Theile seiner Poetik wirklich über die Katharsis der
Tragödie nichts anderes als die Bernaysche Sollicitationstheorie
gelehrt, also die Wirkung der Tragödie lediglich darin gesetzt habe,
daß sie für die krankhaften Zustände der von Mitleid und Furcht
übermäßig und chronisch affizirten Zuschauer eine zeitweilige Ablei=
tung gewähre, — diesen Beweis findet Herr Bernays in der Schrift
eines andern jüngern Neuplatonikers, des Proklos, der anderthalb
hundert Jahre nach Jamblichos das neuplatonische Katheder einnahm.
Dieser beantwortet in einer erklärenden Schrift über Platon's
Ansicht von der Dichtkunst folgende Frage: [1]

„Warum läßt wohl Platon die Tragödie und die komische
(Poesie) nicht zu, obschon sie doch zur Abfindung der Leidenschaften
dient, welche weder ganz zu beseitigen möglich, noch wiederum völlig
zu befriedigen gerathen ist, die vielmehr einer gewissen rechtzeitigen
Anregung bedürfen, welche, wenn sie bei dem Anhören jener Dich=
tungen gewährt wird, es bewirkt, daß wir von ihnen (den Leiden=
schaften) für die übrige Zeit nicht belästigt werden?"

---

[1] Beiläufig bemerkt, in den Worten: τί δήποτε — τὴν τραγῳδίαν καὶ
τὴν κωμικὴν οὐ παραδέχεται καὶ ταῦτα συντελοῦσαν πρὸς ἀφοσίωσιν
τῶν παθῶν — finde ich in den Worten καὶ τὴν κωμικὴν eine in den Text gedrungene Randbemerkung. Der Singularis in συντελοῦσαν zeigt noch das
ursprünglich Richtige. Auch in der zweiten von B. angeführten Stelle findet
dasselbe statt.

Wenn nun schon in der ganzen Fassung dieser Frage dem Herrn Bernays wieder die reine Aristotelische Abfindungslehre entgegentritt, so wird jede Widerrede gegen diese Entdeckung nach seiner Meinung durch den Aufschluß unmöglich gemacht, welchen Proklos selbst da, wo er das angekündigte Problem zu lösen beginnt, uns gegeben hat. Die Worte des Proklos lauten nämlich dort also:

„Das zweite Problem war dieses, daß es ungereimt sei, die Tragödie und Komödie zu verbannen, da man ja durch diese Dichtungen die Affekte (τὰ πάθη) maßvoll befriedigen und nach solcher Befriedigung an ihnen künftige Mittel zur sittlichen Bildung haben könne, nachdem das Beschwerliche an ihnen geheilt worden ist. Diesen Punkt nun, welcher sowohl dem Aristoteles vielen Anlaß zu Angriffen, als den Verfechtern jener Poesieen zu ihren Schriften gegen Platon gegeben hat, wollen wir etwa folgendermaßen im Anschluß an das Frühere zu erledigen suchen."

Hier ist allerdings Aristoteles ausdrücklich genannt, und es ist möglich, daß Proklos, als er dies schrieb, neben den vielen Schriften anderer Philosophen und Aesthetiker gegen Platon's abstrakten sittlichen Radikalismus, mit dem dieser wunderbare Fanatiker der Idee die dramatische Poesie aus seinem Idealstaate verbannte, auch die Aristotelische Poetik und zwar das uns jetzt fehlende Kapitel von der Wirkung der Tragödie, vor Augen gehabt hat. Aber was besagen die angeführten Worte des Proklos eigentlich? Bestätigen sie die uns bekannte Bernayssche Ansicht von der nackten pathologischen Erleichterungskur der beiden Affektionen des Mitleids und der Furcht, die Lehre von der Sollicitation und von der „Entladung" oder „Abfindung" dieser Affektionen, worin nach Herrn Bernays Aristoteles die ganze kathartische Wirkung der antiken Tragödie gesetzt haben soll? Nichts weniger als das! Wer die Stelle mit unbefangenen Augen liest, findet darin vielmehr das stärkste Gegenargument gegen die Erklärung unsers Auslegers. Man sehe

doch nur, was uns hier Proklos eigentlich sagt. Platon hatte die
dramatische Poesie, Tragödie und Komödie aus seinem Staate verbannt, weil sie die Leidenschaften der Menschen aufregen, und weil
jede Aufregung der Leidenschaften schädlich und verwerflich sei.
Aristoteles und andere Vertheidiger des Dramas haben gegen diesen Rigorismus polemisirt. Sie haben demselben zunächst den
(ächt aristotelischen) Satz entgegengestellt: die Leidenschaften sollen
und dürfen nicht im Menschen unterdrückt werden, es soll und muß
ihnen vielmehr ein mäßiger Spielraum, eine vernünftige Befriedigung gewährt werden, denn so behandelt haben wir an ihnen Förderungsmittel und Hebel zu unserer sittlichen
Bildung. Dieser letztere Punkt war der Ausgangspunkt, die
Operationsbasis gleichsam ($\dot{\alpha}\varphi o\varrho\mu\dot{\eta}$), von welcher aus Aristoteles
seine Widerlegung gegen die Platonische Theorie von der Verwerf-
lichkeit der Tragödie und Komödie richtete. Dieser Ausgangspunkt
enthält aber zugleich den Zielpunkt des Aristotelischen Philosophirens, den höchsten Gesichtspunkt, unter welchem er schließlich die
Tragödie, wie in der Politik die Musik, betrachtete. Es ist die
$\pi\alpha\iota\delta\varepsilon\iota\alpha$, die sittliche und geistige Kultur des Menschen
überhaupt, die Veredlung des ganzen Menschen.

Das ist es, was wir Andern schon lange wußten, auch ohne
Proklos wußten, wenn wir auch Herrn Bernays gern das Verdienst
lassen wollen, daß er in dem Neuplatoniker des sechsten Jahrhunderts nach christlicher Zeit unfreiwillig einen Gewährsmann für eine
alte Wahrheit nachgewiesen hat. Einen unfreiwilligen Gewährsmann, — denn Proklos selbst erkennt diese Wahrheit ebenso wenig
an, wie Herr Bernays. Er verharrt vielmehr auf dem alten Pla-
tonischen Standpunkte, und verwirft die dramatische Poesie aus demselben Grunde wie Platon, weil sie die Leidenschaften aufrege. Sein
Räsonnement darüber ist ganz das eines modern pietistischen Theo-
logen. Es lautet nach Bernays' Mittheilung:

„Wir müssen uns hüten sowohl vor der Tragödie als vor der

Komödie, denn sie stellen Charaktere aller Art ohne Unterschied dar, und ihr Reiz, der das reizbare Gemüthselement zu Mitempfindung hinreißt, ist ganz dazu angethan, das Leben der jungen Leute mit den aus jener nachahmenden Darstellung entspringenden Uebeln zu erfüllen und statt eine mäßige Ableitung ($\dot\alpha\varphi o\sigma\iota\omega\sigma\iota\varsigma$) im Betreff der Leidenschaften zu gewähren, ihren Gemüthern eine schlimme uud schwer auszutilgende Färbung zu geben, welche das Eine und Einfache verwischt und dafür das Entgegengesetzte von beidem in Folge der Neigung zu solchen dichterischen Gebilden aller möglichen Art ausprägt. Richten sich doch jene Dichtgattungen vornehmlich auf dasjenige Element der Seele, welches zumeist den Affekten bloßgestellt ist: die Komödie, indem sie das vergnügungssüchtige Gefühl stachelt und in unmäßiges Lachen ausbrechen läßt, die Tragödie, indem sie die Trauersucht großzieht und zu uneblen Jammerklagen hinreißt; beide nähren, jede an ihrem Theil, das den Affekten unterworfene Element in uns, und zwar je vollständiger sie ihrer dichterischen Aufgabe genügen, um so stärker. Freilich hat der Gesetzgeber, wie auch wir zugeben, die Pflicht, gewisse Ableitungen jener Affekte zu beschaffen[1]), aber nicht auf solche Art, daß dadurch der Hang zu ihnen noch verstärkt wird, sondern vielmehr so, daß er gezügelt und die Bewegungen derselben gehemmt werden. Was nun aber Tragödien und Komödien betrifft, die außer mit der Mannigfaltigkeit auch noch mit der Maaßlosigkeit in der Hervorlockung dieser Affekte behaftet sind, so glaube ich, daß sie nicht von fern zu einer beruhigenden Ableitung nützlich sind. Denn Ableitungen bestehen nicht in übermäßigen Steigerungen, sondern in gemäßigten Wirkungen, und haben nur eine geringe Aehnlichkeit mit dem, wovon sie Ableitungen sind."

---

[1]) „jener Affekte" ($\tau\tilde\omega\nu$ $\pi\alpha\vartheta\tilde\omega\nu$ $\tauo\acute\upsilon\tau\omega\nu$) sagt Proklos, d. h. der oben genannten Affekte der Lustigkeit und der Traurigkeit ($\tau\dot o$ $\varphi\iota\lambda\acute\eta\delta o\nu o\nu$ — $\tau\dot o$ $\varphi\iota\lambda\acute o\lambda\upsilon\pi o\nu$); und Aristoteles bezeichnet als solche Ableitungen in der Politik (VIII. 6. § 5.) die Spektakelmusik der öffentlichen virtuosistischen Musikaufführungen.

Das Alles ist ganz in der Ordnung, und Proklos hat sogar Recht, nicht gegen Aristoteles und die Seinen, sondern gegen Herrn Bernays und seine Sollicitations= und Abfindungstheorie. Allerdings — das ist nach dieser Stelle des Proklos unleugbar — hat es Leute gegeben, welche schon anderthalb tausend Jahre vor Herrn Bernays die Tragödie, — und nicht nur diese, sondern auch die Komödie, also die Bühne überhaupt, — dadurch gegen Platon's Angriffe in Schutz nahmen, daß sie meinten, der Mensch müsse doch einen Ort haben, wo er seine Leidenschaften auslassen könne. Ein solcher Ort sei das Theater, und sei die Kirche, nämlich die heidnische mit ihren phallischen Kulten und Darstellungen. Aber was geht diese Trivialität den Aristoteles an? Proklos nennt freilich den Aristoteles. Aber Proklos spricht auch noch von „vielen Anderen“, welche die tragische und komische Poesie gegen Platon in Schutz genommen und Platon's Aufstellungen bekämpft haben. Wenn er bei diesen, oder bei einigen von diesen, jene triviale Vertheidigung des Dramas als Fontanelle der Leidenschaften im Menschen fand, was berechtigt Herrn Bernays, diese seltsame Theorie gerade auf Aristoteles zurückzuführen?

Doch lassen wir das! Nehmen wir einmal an: Proklos und Jamblichos hätten gedacht wie Herr Bernays, hätten die Lehre des Aristoteles von der Wirkung der Tragödie eben so aufgefaßt wie der Zeitgenosse Hegel's, — was folgt daraus? Nichts, als daß der Irrthum des Herrn Bernays nicht einmal den Reiz der Neuheit hat. Oder sollen wir wirklich glauben, daß die ganze aristotelische Lehre von der Katharsis, die Aristoteles selbst für so wichtig und schwierig hielt, daß er ihrer ausführlicheren Erläuterung in der Poetik ein eignes Kapitel widmen zu müssen meinte, in diesen so eben betrachteten Stellen des Jamblichos und Proklos enthalten sei, während wir doch aus ihnen auf's Höchste nur das lernen, was wir bereits aus der Aristotelischen Politik wußten, dies nämlich: daß nach Aristoteles eine gewisse Ableitung der Leidenschaft auch ein Gesichtspunkt sei, unter welchem Musik und Poesie betrachtet werden können? Gewiß nicht! — Ferner sehen wir, daß Jamblichos die Wirkung der Tragödie und Komödie durchaus als einen subjektiv moralischen Nutzen für die Zuschauer auffaßt, denn er sagt wörtlich: „Dadurch, daß wir in der Komödie (— er stellt diese voran! —) sowohl wie in der Tragödie fremde Leidenschaften ($\pi\acute{\alpha}\vartheta\eta$) anschauen, beruhigen wir die eignen Leidenschaften, machen sie mäßiger und reinigen sie ($\mathring{\alpha}\pi o\varkappa\alpha\vartheta\alpha\acute{\iota}\rho o\mu\varepsilon\nu$)." Dieselbe Theorie von der moralischen Wirkung und dem moralischen Nutzen der Komödie und Tragödie hatte auch Proklos vor Augen, nur daß er sie nicht, wie Jamblichos acceptirt, sondern bekämpft und leugnet, und zwar mit Gründen, die von seinem Standpunkte aus und einer solchen schaalen Besserungstheorie gegenüber, durchaus nicht verächtlich sind. Zumal da Proklos die Jugend als Zuschauer im Auge hat, deren Leidenschaften weder damals noch jetzt im Theater Beruhigung, Mäßigung und zweckmäßige Ableitung, sondern, wie Proklos sehr richtig bemerkt, vielmehr das Gegentheil davon erfahren haben und erfahren.

Und endlich! Beide Neuplatoniker, Jamblichos wie Proklos, sprechen nicht nur von der Tragödie, sondern auch von der Komödie; sie verbinden beide, ja sie stellen zum Theil die Komödie voran. Wenn nun nach der Bernaysschen Ansicht, Aristoteles die Tragödie die Ableitungsfontanelle für die Mitleidigen und Furchtsamen ist, welches sind dann die „Affektionen", welche durch die Komödie in gewissen Zuschauern durch „Sollicitation" entladen, abgeleitet und zeitweilig beruhigt werden? — Darauf ist Herr Bernays die Antwort schuldig geblieben; und doch mußte er sie geben, wenn er behauptet, daß Proklos und Jamblichos aus der vollständigen aristotelischen Poetik geschöpft, daß sie die vollständige aristotelische Lehre von der Katharsis in der Darstellung des Stagiriten selbst vor sich gehabt haben.

Siebentes Kapitel.
Die tragische Katharsis des Aristoteles.

Also aus Proklos und Jamblichos ist nichts zu lernen für die Aufhellung der Aristotelischen Definition, „deren abgerissene Räthselhaftigkeit, wie Herr Bernays sagt, selbst einem Lessing unzugänglich blieb.“ Gehen wir daher lieber wieder an die rechte Schmiede, zum Aristoteles selbst, und sehen wir zu, ob nicht in ihr der verlorene Schlüssel mit einiger Mühe und Anstrengung wieder zurechtgeschmiedet werden kann. Der ächte Schlüssel freilich, die ausführliche Aristotelische Entwicklung der Katharsis, des ästhetischen Begriffs, der sich, wie wir sahen, nicht nur auf die Tragödie allein, sondern jedenfalls auch auf die Musik erstreckte, ist durch Schuld des Verkürzers und Verstümmlers der Poetik verloren, der, wie Herr Bernays mit Recht bemerkt, alle die auf die Erklärung der Katharsis bezüglichen Ausführungen schwerlich aus einem anderen Grunde als eben weil sie so umfänglich und von rein philosophischen Erörterungen erfüllt waren, in seiner Unbekümmertheit um reine Philosophie unbarmherzig weggeschnitten hat. [1] Aber vielleicht findet sich dennoch in dieser verstümmelten Poetik noch Material genug, um wenigstens für die Katharsis der Tragödie einen Nachschlüssel daraus zu machen.

---

[1] Bernays, S. 145—146.

Sehen wir uns vor allen Dingen die ganze Definition der Tragödie noch einmal genauer an. Wir finden, daß alle einzelnen Stücke derselben, genau wie Aristoteles sagt, aus dem in den vorhergehenden Abschnitten der Poetik Entwickelten folgen. Die Tragödie ist nach der Aristotelischen Definition zunächst „Nachahmung", d. h. kunstmäßig schöpferische Darstellung (μίμησις). Dies hat sie mit aller Kunst nach Aristoteles (Poet. I.) gemein. Ihr Objekt, das was sie nachahmend darstellt, ist zweitens im Allgemeinen eine Handlung, deren ebenso abstrakt allgemeine Bestimmungen durch die Prädikate: „ernst bedeutend", „abgeschlossen" und „von einem bestimmten Umfange", ausgesprochen werden. Ernstbedeutend (σπουδαῖα) ist die Handlung der Tragödie im Gegensatze zu der Handlung der Komödie, weil sich in der Handlung der Tragödie substantielle Mächte offenbaren, in denen sich der Ernst des Lebens bewegt. Das Medium der Nachahmung drittens ist in der Tragödie wie in der Poesie überhaupt die Sprache, und zwar die durch die Kunstmittel des Metrums, des Rhythmus und Gesangs „gewürzte" d. h. verschönerte, idealisirte Sprache, wobei nur der Umstand für die Tragödie, im Unterschied zu Epos und Lyrik, eigenthümlich ist, daß diese Kunstmittel nicht alle zusammen, sondern jedes für sich in den verschiedenen Partien angewendet werden. Viertens bezeichnet der Philosoph den formellen Unterschied der „Nachahmung der Handlung" in der Tragödie von der im Epos durch die Worte: „vorgeführt von wirklich handelnden Personen und nicht durch berichtende Erzählung", und schließt dann seine Definition mit den — fast möchte man sagen — ebenso berüchtigten als berühmten Worten, mit deren Erklärung wir es hier zu thun haben, und die ich deshalb im Originaltexte noch einmal hier hersetzen will: δι' ἐλέου καὶ φόβου περαίνουσα τὴν τῶν τοιούτων παθημάτων κάθαρσιν.

Wir sehen, daß Aristoteles bis zu diesen letzten Worten nur lauter abstrakt allgemeine Bestimmungen der tragischen „Handlung" angiebt, d. h. lauter solche, die sie mit der Handlung des Epos gemeinsam hat; denn auch die epische Handlung ist eine „ernstbedeutende", eine σπουδαῖα, auch sie muß „Anfang, Mitte und Ende", und „eine gewisse Größe" haben. Dagegen muß es auffallen, daß Aristoteles den wesentlichen Inhalt der tragischen Handlung, die Eigenschaft, wodurch sie sich von der epischen unterscheidet, mit keiner Sylbe erwähnt, oder vielmehr mit keiner Sylbe zu erwähnen scheint. Und doch mußte dies in einer Definition nothwendig geschehen, wenn sie vollständig und erschöpfend sein, und nicht vielmehr das Wesentlichste übergehen sollte. Welches ist nun diese wesentlichste Bestimmung der Handlung, deren Nachahmung der Tragödie gehört? Aristoteles selbst sagt es uns zu wiederholten Malen, ja es scheint, als ob er gerade diese Bestimmung nicht oft genug wiederholen könnte, so häufig kommt er auf sie zurück. — Gleich im neunten Kapitel der Poetik heißt es [1]: „Die tragische Darstellung hat es nicht nur mit einer Handlung zu thun, welche in sich abgeschlossen ist, sondern mit dem was furchtbar und mitleidswerth ist" (οὐ μόνον τελείας ἐστὶ πράξεως ἡ μίμησις ἀλλὰ καὶ φοβερῶν καὶ ἐλεεινῶν), das heißt wie er im eilften Kapitel erklärend sagt [2]: „Diejenigen Handlungen, mit welchen es nach unsrer Definition die Tragödie zu thun hat, sind solche, welche Mitleid und Furcht einflößen." „Nach unsrer Definition" — denn das ist der Sinn von ὑποχεῖται, was ich wohl nicht erst zu beweisen brauche. Aristoteles nennt also die Bestimmung, daß die tragische Handlung Mitleid und Furcht enthalten, daß sie geeignet sein müsse, diese beiden Empfindungen in dem Zuschauer und Hörer zu erwecken, eine Fundamentalbestimmung, die also in einer Definition nicht fehlen darf. Und sie fehlt auch nicht in der

---

[1] Poet. cp. IX. § 11. Ritter.

[2] Poet. cp. XI. § 4.: ἡ γὰρ τοιαύτη ἀναγνώρισις καὶ περιπέτεια ἢ ἔλεον ἕξει ἢ φόβον, οἵων πράξεων ἡ τραγῳδία μίμησις ὑποχεῖται.

richtig verstandenen Aristotelischen Definition. Denn die Worte „durch Mitleid und Furcht" in dem Satze: „die nachahmende Darstellung, welche Tragödie heißt — vollbringt durch Mitleid und Furcht die Katharsis der Pathemata dieser Art", können nichts anderes bedeuten als: Mitleid und Furcht sind die nothwendigen Elemente, welche die vom Dichter dargestellte tragische Handlung enthalten, sind die Hebel, welche der Dichter durch die vorgestellte Handlung in Bewegung setzen muß, um die spezifische Wirkung der Tragödie hervorzubringen. Wer das nicht glauben will, dem soll es Aristoteles selbst sagen, und zwar so deutlich, daß kein Mißverstehen möglich ist.

Im Anfange des dreizehnten Kapitels der Poetik sagt der Philosoph, daß er die Frage behandeln wolle: „welches die Quellen seien, aus denen die Wirkung der Tragödie, oder wie er sagt das Werk, welches die Tragödie zu vollbringen, das was sie zu leisten hat, entspringe." [1]

. Hier oder nirgends muß also der Schlüssel sein zu der Katharsis, von welcher Aristoteles in der Definition sagt, daß die Tragödie sie „abschließlich vollbringe." Denn was ein Ding vollbringt, was es hervor= und zu Stande bringt, das ist eben sein $\xi\rho\gamma o\nu$, seine zu erfüllende Aufgabe, seine eigenthümliche Leistung [2] und Verrichtung. Als solche aber bezeichnet Aristoteles von der Tragödie in seiner Definition derselben die Katharsis der Pathemata.

Hören wir also, was Aristoteles lehrt über die Mittel und Wege, durch welche diese der Tragödie eigenthümliche Leistung bewirkt werden kann. „Wir haben gezeigt, sagt er, daß die Verknüpfung der Thatsachen, die Synthesis, die Komposition der Hand=

---

[1] $\pi\delta\theta\epsilon\nu$ $\xi\sigma\tau\alpha\iota$ $\tau\delta$ $\tau\tilde{\eta}\varsigma$ $\tau\rho\alpha\gamma\omega\delta\iota\alpha\varsigma$ $\xi\rho\gamma o\nu$.

[2] So z. B. ist das $\xi\rho\gamma o\nu$ der Freiheit, daß sie dem Menschen gewährt nach seiner eigenen Willensbestimmung zu leben ($\tau\delta$ $\zeta\tilde{\eta}\nu$ $\dot{\omega}\varsigma$ $\beta o\dot{\upsilon}\lambda\epsilon\tau\alpha\iota$ $\tau\iota\varsigma$) Polit. VI. cp. 1. § 14. So hat der Mensch als Mensch ein $\xi\rho\gamma o\nu$ (Eth. Nic. I. 7. 10 ff.) Ebenso der Staat (Polit. VII. 4. 3.) u. s. w.

lung, in der äfthetifch vollendetften Tragödie nicht einfach, fondern verwickelt fein muß, fo wie, daß die letztere nachahmende Darftel=lung furchtbarer und mitleiderregender Vorfälle ift, denn — zum dritten Male fchärft der Stagirit dies ein — „denn dies ift das Eigenthümliche diefer Kunftgattung. Aus diefen beiden Beftim=mungen ergiebt fich nun zunächft, daß in der Tragödie weder ab=ftrakt tugendhafte Männer[1]) aus Glück in Unglück gerathend vor=geftellt werden dürfen, — denn das ift weder Furcht noch Mitleid zu wecken geeignet, — noch Nichtswürdige aus Unglück in Glück, — denn das ift das Alleruntragifchfte. Ein folcher Fall hat näm=lich gar nichts von dem was ein tragifcher Fall haben foll; denn er erregt weder unfere allgemein menfchliche Theilnahme, noch un=fer Mitleid, noch unfere Furcht. Drittens darf auch nicht der ab=folut Schlechte aus Glück in Unglück gerathen, denn eine folche Kompofition kann zwar wohl möglicherweife unfere allgemein menfchliche Theilnahme in Anfpruch nehmen, aber weder Furcht noch Mitleid erwecken. Denn unfer Mitleid gilt dem unverdient Unglücklichen, unfere Furcht dem der Unfresgleichen ift; jener Gang der Handlung ift alfo weder mitleidswerth noch furchtbar. Es bleibt alfo nur noch (als tragifcher Held) ein folcher übrig, der zwifchen jenen beiden in der Mitte fteht. Ein folcher aber ift der=jenige, der während er einerfeits weder durch Tugend und Gerech=tigkeit vor allen andern Menfchen hervorragt, doch andrerfeits nicht durch Schlechtigkeit und verbrecherifche Nichtswürdigkeit aus Glück in fein Unglück geräth, fondern durch irgend einen Fehltritt; und zwar Einer von denen, die in großem Anfehen und Glücke fich be=finden, wie Oedipus und Thyeftes und andere hervorragende Män=ner folcher vornehmen Gefchlechter."

---

[1]) d. h. Ariftoteles warnt vor abftrakt idealen Charakteren als Helden einer Tragödie, ganz wie Leffing fich gegen die abftrakt idealen Helden im fpezififch chriftlichen Trauerfpiel erklärte.

Weiterhin bemerkt Aristoteles, daß der „Fehltritt" (ἁμαρτία), der die tragische Katastrophe herbeiführe, und den er vorher nur als „irgend einen" (τινά) bezeichnet hatte, jedenfalls nicht unbedeutend sein dürfe, daß er vielmehr stark in's Gewicht fallen müsse (δι᾽ ἁμαρτίαν μεγάλην), daß aber der tragische Held, der sich solchen Fehler zu Schulden kommen lasse, doch in der Stufenleiter zwischen ausgezeichneter Vortrefflichkeit und überwiegender Schlechtigkeit eher höher als niedriger stehen müsse.

„Diese Art der Tragödie also, deren Komposition ich so eben beschrieben habe, fährt der Philosoph fort, „ist, mit dem Maaßstabe der tragischen Kunst gemessen (κατὰ τὴν τέχνην), die schönste." Er meint diejenige, in welcher der Held, ein Mensch wie er ihn zuvor beschrieben hat, aus Glück in Unglück geräth; und er knüpft an dieses Urtheil seine berühmte Würdigung des Euripides, die den Romantikern so viel zu schaffen gemacht hat, indem er fortfährt: „Darum sind die Kunstrichter, welche eben dies dem Euripides vorwerfen, daß er dies in seinen Tragödien thut, und daß dieselben in der Regel einen unglücklichen Ausgang haben, im Irrthume. Dafür giebt es einen höchst schlagenden Beweis. Auf den Bühnen nämlich und bei den Aufführungen erscheinen solche Tragödien, wenn sie gut dargestellt werden, als die am meisten tragischen, und Euripides, wenn auch im Uebrigen die Oekonomie seiner Stücke keineswegs zu loben ist, erscheint doch in dem, was das Spezifisch=Tragische anlangt, ohne Frage als der erste der Dichter." — Wir werden weiterhin sehen, wie sich dies Urtheil des Aristoteles über den großen Dichter zu seiner Lehre von der Wirkung der Tragödie verhält. Für jetzt folgen wir dem Philosophen weiter in seiner Entwicklung dessen, woraus diese Wirkung hervorgehen soll. Er verwirft zunächst jene zweite Art der tragischen Komposition, welcher andere Aesthetiker, wie er sagt, den ersten Rang anwiesen, die nämlich, welche so abschließt, daß die Guten aus Unglück in Glück, die Bösen aus Glück in Unglück gerathen, wie in der Odyssee ge-

schieht, die er sehr passend als Beispiel anführt. Diese Komposi-
tionsweise, sagt er, gilt als die erste wegen der Schwäche des Publikums, welcher sich die Poeten akkommodiren. „Aber diese Lust
(d. h. diese Art von Befriedigung, welche wir empfinden, wenn wir
die Guten schließlich für ihre Leiden belohnt und die Bösen für
ihre Uebelthaten bestraft sehen) ist nicht diejenige, welche die Tragödie gewähren soll, sondern ist vielmehr der Komödie eigen."

Welches ist nun aber diese der Tragödie eigenthümliche Lustempfindung, diese affirmative ἡδονὴ ἀπὸ τραγῳδίας, die allein
von der Tragödie und von keiner andern Dichtung gewährt wird?
Die positive Antwort hierauf muß entscheidend sein für die Aristotelische Ansicht von der Wirkung der Tragödie. Denn diese Lustempfindung, diese Befriedigung, diese ἡδονὴ ist das ἔργον, die Leistung, ist das Wesen und das bewirkte Resultat der Tragödie. —
Aristoteles bleibt uns diese Antwort auch nicht schuldig. Er giebt
sie im vierzehnten Kapitel der Poetik, wo er sich gegen diejenigen
Poeten erklärt, welche Furcht und Mitleid in ihren Tragödien vorzugsweise durch äußerlich sinnliche Mittel, durch Effekte, welche auf
scenische Darstellung für das Auge berechnet sind, hervorbringen,
während der ächte und wahre Dichter diese Wirkung durch die rein
geistige Verknüpfung der Thatsachen zu erzeugen verstehe. „Solch
ein wahrer Dichter, sagt er, ist Sophokles. Wer seinen Oedipus
auch nur blos liest oder lesen hört, wird sich von Schauer und
Mitleid über die Vorgänge ergriffen fühlen, auch ohne daß er etwas
vorgehen sieht. Poeten aber, die gar in ihren Bühneneffekten fürs
Auge es nicht auf das Furchtbare, sondern lediglich auf das Mon-
ströse, Wunderbare (τὸ τερατῶδες) absehen, haben gar nichts mit
der Tragödie zu schaffen. Denn, — und dies oder keine ist die
Antwort, welche wir suchen — „denn man darf nicht alle
und jede Lust von der Tragödie verlangen, sondern
nur die ihr eigenthümliche, nämlich die Lust, welche
aus Mitleid und Furcht durch das Mittel der dichteri-

ſchen Darſtellung entſpringt. Dieſe Luſt ſoll uns der Dichter ſchaffen, und eben deshalb muß er dies (die Fähigkeit, Mitleid und Furcht in der Bruſt des Hörers zu erregen) in die dargeſtellten Thatſachen hineindichten." [1])

Alſo: ein Luſtgefühl, ein Gefühl der Befriedigung als Reſultat entſpringend aus (ἀπό) den Empfindungen von Mitleid und Furcht, welche der Dichter durch ſeine Darſtellung der Leiden und des Unglücks der tragiſchen Helden (διὰ μιμήσεως) in uns erzeugt, — das iſt die Leiſtung, das „Werk" (ἔργον) der Tragödie. Dieſes Gefühl der Befriedigung uns zu verſchaffen (παρασκευάζειν), das iſt nach Ariſtoteles die Pflicht, die Aufgabe des tragiſchen Dichters, — und die Löſung dieſer Aufgabe das iſt, ſagen wir es mit einem Worte, die Katharſis der leidvollen Empfindungen, welche nach Ariſtoteles' Definition die Tragödie zu Stande bringt, oder um das griechiſche, von Ariſtoteles gewiß mit beſtem Vorbedachte hier gebrauchte Zeitwort ganz genau zu überſetzen: welche die Tragödie als Endergebniß und Abſchluß zu Stande bringt. Wunderbar genug hat nur der einzige Goethe eine gleichſam inſtinktive Ahnung gehabt von der wahren Bedeutung dieſes Zeitworts, das klar und deutlich die Katharſis als ein abſchlie= ßendes Endergebniß der Dichtung des tragiſchen Dichters be= zeichnet, während, ſo viel ich weiß, kein Philologe dieſe Grund= bedeutung gehörig berückſichtigt und ihre Wichtigkeit für das Ver= ſtändniß der Ariſtoteliſchen Definition erkannt hat.

Und wie genügt der wahre tragiſche Dichter dieſer Aufgabe? Wie bringt er durch ſeine Darſtellung von Leid und Unglück, durch einen Verlauf von Begebenheiten, welche durch die Kunſt eben

---

[1]) Οὐ γὰρ πᾶσαν δεῖ ζητεῖν ἡδονὴν ἀπὸ τραγῳδίας, ἀλλὰ τὴν οικείαν · ἐπεὶ δε τὴν ἀπὸ ἐλέου καὶ φοβου διὰ μιμήσεως δεῖ ἡδονὴν παρα σκευάζειν τὸν ποιητὴν, φανερὸν ὡς τοῦτο ἐν τοῖς πράγμασι ἐμποιητέον. Poet. XIV. 2—4.

dieser seiner Darstellung die Kraft haben, unsere Furcht und unser Mitleid zu erregen, statt Betrübniß und Schmerzempfindung (λύπη) vielmehr das Gegentheil, Lustgefühl und Befriedigung (ἡδονή) in uns hervor?

Auch auf dieses Wie? ist uns Aristoteles die Antwort nicht schuldig geblieben. Sie steht deutlich in seiner Poetik zu lesen, so deutlich, daß man eben nur zu lesen braucht.

Erinnern wir uns zunächst des berühmten Worts, das der größte Denker des Alterthums für alle Zeiten über das Verhältniß von Poesie und Geschichte gesprochen hat. Dies Wort lautet: die Poesie ist philosophischer und gehaltvoller als die Ge= schichte, denn sie hat es mit dem Allgemeingültigen, Nothwendi= gen, Ewigen zu thun, während die Geschichte an das Besondere, Zufällige, Zeitliche gebunden ist. [1]

> „Was sich nie und nimmer hat begeben,
> Das allein veraltet nie."

Und was von der Poesie im Allgemeinen gilt, das gilt nach Aristoteles, der dies Wort obenein in einer Abhandlung über die Tragödie gesprochen hat, ohne Frage auch, und zwar im höchsten Maaße, von der höchsten Form der Poesie, von der Tragödie. Denn das höchste Gesetz für diese Art poetischer Darstellung ist nach Aristoteles die innere Nothwendigkeit oder doch die innere Wahrscheinlichkeit des Dargestellten. Diese fordert der Sta= girit wie für die Charaktere so auch für die Verknüpfung der That= sachen, für den Gang der tragischen Handlung. „In den Charak= teren, sagt er, muß ebenso wie auch in der Verknüpfung der That= sachen (in der Komposition der Handlung) der Dichter immer ent= weder auf das Nothwendige, oder auf das Wahrscheinliche ausgehen; daß also ein gewisser Mensch gewisse Dinge sagt oder thut, muß

---

[1] Poet. IX. 2—4 ff. Vergl. Vischer, Aesthetik II. Seite 350—351. S. 364—365, IV. S. 1207.

entweder nothwendig oder wahrscheinlich sein, gleichwie nothwendig oder wahrscheinlich gerade diese Handlung auf diese Handlung folgen muß. Daraus leuchtet ein, daß auch die Lösung in der tragischen Fabel aus dieser Fabel selbst hervorgehen muß, nicht äußerlich herbeigeführt werden darf."[1] Darum tritt als Hauptfrage die Frage nach der tragischen Schuld in den Vorgrund. Aristoteles erklärt sich zunächst gegen die Wahl abstrakt idealer Charaktere als solcher in der Tragödie, und zwar aus demselben Grunde, aus dem Lessing die durchaus schuldlosen Helden des spezifisch christlichen Trauerspiels verwarf.[2] Die Ansicht, daß das Leiden des ganz Unschuldigen untragisch, daß eine solche Darstellung ein $\mu\iota\alpha\rho\delta\nu$, das heißt ein frevelhaft gräßliches, eine Versündigung gegen die Gottheit sei, finden wir schon bei Platon ausgesprochen, wenn er verlangt, daß der tragische Dichter die Schicksale der Pelopiden oder der Niobe so darstellen müsse, daß der Gottheit Walten dabei immer gerecht und den Leidenden heilsam erscheine.[3] Aristoteles verlangt, daß eine Schuld, ein Fehl, und zwar „ein großer", Ursache sei von dem Unglück des tragischen Helden, welches wir als ein nothwendiges begreifen sollen. Aber so streng er sich gegen die abstrakt ideale Tugend des Helden erklärt, so nachdrücklich er es betont, daß der Held der Tragödie nicht über alles Maaß der Menschlichkeit erhaben dastehen, daß er einen Zusammenhang mit uns als Mensch, als ein dem Irrthum und Fehltritt unterworfener Mensch haben müsse: eben so nachdrücklich verlangt er andererseits doch wieder ideale Haltung und Erhabenheit der tragischen Charaktere und Gestalten über das gemeine Maaß sittlicher Größe[4]. Denn „die sittliche Tüchtigkeit ($\tau\delta$ $\sigma\pi\sigma\nu\delta\alpha\iota\sigma\nu\varsigma$ $\epsilon\tilde{\iota}\nu\alpha\iota$) im Unglück

---

[1] Poet. XV. 6—7. Vgl. IX. 1—6.

[2] Stahr, Lessing I. S. 348.

[3] Plat. Staat. II. p. 380 a—b.

[4] Poet. XIII.: $\mathring{\eta}$ $\beta\epsilon\lambda\tau\iota\sigma\nu\sigma\varsigma$ $\mu\tilde{\alpha}\lambda\lambda\sigma\nu$ $\mathring{\eta}$ $\chi\iota\rho\sigma\nu\sigma\varsigma$. Vgl. cp. XV. 1.

steigert mehr als alles Andere unser Mitgefühl (ἔλεος) [1]), während sie zugleich durch ihre Kraft erhebend auf unser Gemüth wirkt. [2])

An den Begriff der Nothwendigkeit einerseits und der Schuld andererseits knüpft sich aber drittens in der Aristotelischen Lehre von der Tragödie der Begriff der tragischen Gerechtigkeit. „Wenn der tapfere, heldenhafte aber ungerechte Mann trotz seiner Tapferkeit besiegt, wenn der Kluge aber Schlechte trotz aller Klugheit doch überlistet wird, das ist tragisch und erregt unsere menschliche Theilnahme." [3])

Beiläufig bemerkt, zeigt diese von den Aesthetikern bisher übersehene Stelle der Poetik, daß Aristoteles in seiner Theorie der Tragödie der Darstellung des Bösen in seiner Erhabenheit der Kraft, wie wir sie in Shakspeare's Richard III. finden, durchaus nicht so fern war, als die neuere Aesthetik gemeint hat, und daß Lessing wußte was er sagte, als er den kühnen Ausspruch that: er finde Shakspeare durchaus mit Aristoteles in Uebereinstimmung.

Dies Beides also: die Einsicht in die Nothwendigkeit der Folge von Ursach und Wirkung im Verlaufe der tragischen Handlung, die Erkenntniß der Schuld im Leiden und Unglück des Helden, dem wir doch unsere volle Theilnahme bewahren, weil wir uns ihm menschlich verwandt (ὁμοῖοι) fühlen, und die aus beiden zusammen entspringende Ueberzeugung von der ewigen Gerechtigkeit, welche wir zwar nicht immer in der wirklichen Welt, wohl aber stets in der vom Künstler dargestellten Welt erkennen, dies ist es, wodurch in der Tragödie, trotzdem daß ihr Inhalt furchtbar und jammervoll ist, dennoch, statt Betrübniß und Schmerzempfindung (λύπη), vielmehr eine eigenthümliche Lustempfindung, ein Gefühl der Befrie-

---

[1]) Arist. Rhet. II. 8. extr. Vgl. Cic de Orat. II. § 211. ita quum singuli casus humanarum miseriarum graviter accipiuntur, tum adflicta et prostrata virtus maxime luctuosa est.

[2]) Ethic, Nicom. I. 10. extr.

[3]) Poet. XVIII. 6.

bigung (ήδονή) hervorgebracht wird. Dies ist es, wodurch nach
Aristoteles die schmerzvollen Eindrücke, die παθήματα, welche wir
durch die tragische Handlung, die sich an unser Mitleid und an
unsere Furcht wendet, empfangen, durch die Kunst des Dichters
idealisirt werden, d. h. ihre Reinigung (κάθαρσιν) oder wenn wir
bei der von Bernays nachgewiesenen pathologischen Metapher blei=
ben wollen, ihre erleichternde „Ableitung" erhalten. Wir sehen,
„Ableitung" und ihre Wirkung, die Erleichterung der menschlichen
Brust, ist auch hier im Spiele; aber in anderer Weise als bei der
ekstatischen und orgiastischen Musik, von deren kathartischer Wir=
kung Aristoteles in der Politik redet. Und eben weil auf dem Ge=
biete der Poesie und durch deren höchste Leistung die Tragödie, die
Katharsis in ganz anderer Weise sich vollbringt als dort — darum
hielt es Aristoteles in der Politik für nöthig, seinen Lesern zu sa=
gen: „Was ich unter Katharsis meine, ist hier, ist aus dieser
Anwendung des Ausdrucks noch nicht zu verstehen, aber ich werde
davon in der Poetik deutlicher sprechen."

So sehen wir also die Aristotelische Katharsis der Tragödie
im innigsten Zusammenhange mit seinem berühmten Satze, daß die
Poesie philosophischer (d. h. lehrreicher) und gehaltvoller sei als die
Geschichte. Denn nur die Poesie gewährt in ihrer höchsten Form,
in der Tragödie, was die Geschichte nie zu leisten vermag, die Er=
kenntniß und unmittelbare Anschauung der absoluten Vernünftigkeit
durch die absolute Vernünftigkeit des tragischen Abschlusses. Von
dieser Art des Abschlusses spricht Hegel, und zwar, wie wir sehen,
im vollkommensten Einverständnisse mit Aristoteles, wenn er sagt:
„Nur wenn man diese Einsicht festhält, läßt sich die alte Tragödie
begreifen. Denn nur dann ist nicht das Unglück und Lei=
ben" (inhaltlich wird hier von Hegel dasselbe, was in der Ari=
stotelischen Definition formell, ausgedrückt) „sondern die Be=
freiung des Geistes" (die Katharsis) das Letzte, insofern
am Ende die Nothwendigkeit dessen, was den Indi=

vtbuen geschieht, als absolute Vernünftigkeit erschei=
nen kann, und das Gemüth wahrhaft sittlich beruhigt
ist: erschüttert durch das Loos der Helden (d. h. δι'
ἐλέου καὶ φόβου), versöhnt in der Sache." — Es darf wohl
als ein Triumph der Philosophie bezeichnet werden, wenn wir die
beiden tiefsten Denker alter und neuer Zeit in einer der wichtigsten
Fragen aller Aesthetik so zusammengehen sehen! —

So haben wir Schritt vor Schritt die Lehre des Aristoteles
von der Wirkung der Tragödie in ihrem Zusammenhange nachge=
wiesen, und dürfen es jetzt getrost dem Urtheil des Lesers über=
lassen, was von einer Auslegung zu halten sei, welche wie die Ber=
nayssche von dem Philosophen aussagt: „Seine Forderung der Ka=
tharsis verlangt von der Tragödie nichts weiter, als daß sie dem
Zuschauer einen Stoff biete, an dem er die Doppelempfindung von
Mitleid und Furcht auslassen könne." [1]   Herr Bernays vergißt
aber obenein hier, daß nach seiner früheren Erklärung nicht von
jedem Zuschauer, sondern nur von dem vorzugsweise „furchtsamen"
und „mitleidigen" die Rede sein kann, daß es sich nach seiner
Deutung des Worts παθήματα nicht von Empfindungen schlecht=
weg, sondern von krankhaften „chronischen Gemüthsaffektionen"
handelt, und daß, nach seiner Auslegung des Aristoteles, nur auf
solche „mit diesen Affektionen habituell behaftete" Zuschauer die ka=
thartische Wirkung abzielt. Und wenn nach Herrn Bernays Aristo=
teles „in den Affekten von Mitleid und Furcht die zwei weitgeöff=
neten Thore" erkannt haben soll, „durch welche die Außenwelt auf
die menschliche Persönlichkeit eindringt, und der unvertilgbare gegen
die ebenmäßige Geschlossenheit anstürmende Zug des pathologischen
Gemüthselements sich hervorstürzt, um mit gleichempfindenden Men=
schen zu leiden, und vor dem Wirbel der drohend fremden Dinge
zu beben" — so glauben wir unsererseits entschieden nicht, daß

---

[1] Bernays, S. 172.

Aristoteles den Menschen im Allgemeinen ein Uebermaß von Mit=
leid zugeschrieben hat.   Eher vielleicht das Gegentheil.

Aber wir müssen uns, bevor wir schließen, noch mit einem
andern wichtigen Punkte der Bernaysschen Erörterung beschäftigen.
Es ist von seinem Standpunkte allerdings nur konsequent, daß er
den Aristoteles der Tragödie jeden versittlichenden Einfluß abspre=
chen läßt, und daß er seine Erklärung des Philosophen mit den
Worten schließt: „Die Tragödie und das letzte Ziel, auf welches
Alles in ihr hinblickt, die tragische vom Mitleid angefachte Furcht,
d. h. die Empfindung, welche den Menschen durchbebt, wenn er
sich seine Stellung zum All und dessen geheimnißvoll strafenden
und lohnenden Gesetzen, ohne Rücksicht auf handelnde Thätigkeit
oder begriffliche Erkenntniß, in der bloßen Anschauung vergegen=
wärtigt, — erschien dem Aristoteles zu moralischer Besserung oder
intellektueller Aufklärung weder befähigt noch berufen; — er würde
Wort für Wort dem beigestimmt haben, was ein Künstler wie
Goethe zu bekennen aufrichtig genug war: „„Keine Kunst vermag
auf Moralität zu wirken; Philosophie und Religion vermögen dies
allein!““ —

Würde Aristoteles dies wirklich unterschrieben haben? — Wir
wollen sehen.

Achtes Kapitel.
Die Kunst und die Moralität.

————

Der Goethische Satz heißt vollständig so: „Die Musik so wenig als irgend eine Kunst vermag auf Moralität zu wirken.“

Das sollte Aristoteles unterschreiben? Aristoteles, der dem versittlichenden Einflusse der Musik im achten Buche der Politik so große Macht beilegt? Aristoteles, nach dessen ächt antiker Anschauung jede Kunst durch ihre nachahmende Darstellung und Veräußerlichung eines Innerlichen einen entschiedenen Einfluß auf die sittliche Bildung und Erziehung des Menschen ausübt, und vor allen andern Künsten, die Künste des Gehörs, Musik und Poesie? Dieser selbe Aristoteles sollte sich zu der Theorie bekennen, welche in dem Goetheschen Ausspruche die höchste Spitze ihrer Abstraktion vom Leben und Wirklichkeit erreicht! — Nimmermehr!

Vielmehr ist ihm erhebende und versittlichende Wirkung auf den Menschen der wahre Zweck der Kunst, zumal der Kunst, welche nach seinem öfters angeführten Worte, philosophischer und gehaltvoller ist als die Darstellung der geschichtlichen Wirklichkeit, als die Geschichte, die doch auch das ganze Alterthum als sittliche Lehrerin der Menschen gefaßt hat. Nicht nur also vermag nach Aristoteles die Poesie dasselbe was die Geschichte, sondern sie vermag es sogar in weit höherem Grade; denn ihre Lehren sind tiefer und gehaltvoller. Damit wird aber noch keinesweges die Kunst in den

Dienst der Moral und Besserung gestellt. Denn auch Aristoteles betrachtet sie als eine freie, dem Menschengeiste innewohnende selbständig bildende Kraft, welche sich erhebend über das Sinnliche neue eigne Schöpfungen hervorruft, in denen sich die Gegensätze und Widersprüche des endlichen Lebens in eine harmonische Einheit auflösen, wodurch ein reinigender läuternder Einfluß auf das Gemüth ausgeübt wird." [1]) Jener Einfluß, jene Wirkung ist nicht bewußter Zweck, nicht letzte direkte Absicht des Künstlers. Sein Werk, also in unserm Falle die Tragödie, übt diese Wirkung eben nur insofern sie wirklich wahres Kunstwerk ist, und übt sie in diesem Falle allerdings ihrem Wesen, ihrer Natur nach. Es ist in der That Zeit, daß man etwas zurückkomme von dem vornehmen Hochmuthe, mit dem man auf den ästhetischen Moralstandpunkt eines Lessing herabzusehen sich das Ansehen giebt, eines Lessing, der so gut wie Einer die Kunst als Selbstzweck erkannte, und dessen Nathan doch für die Versittlichung und — scheuen wir das Wort nicht — für die Besserung der Menschen mehr gewirkt hat als hundert philosophische und religiöse Werke, und der das eben gethan hat und noch thut, weil er ein ächtes poetisches Kunstwerk ist. Was aber die Alten anlangt, so theilten sie jene abstrakt ästhetische Vornehmheit mit nichten. [2]) Ihnen war der Poet ein Lehrer und Besserer des Volks, und Aristophanes steht mitten auf dem Boden griechischer Anschauung, wenn er in den Fröschen seinen Euripides auf des Aeschylus Frage:

„So sag mir, was ist's, weshalb man den Dichter bewundert?"

die Antwort geben läßt:

„Der gebildete Geist, die Belehrung ist's,
und daß wir bessern die Menschen."

---

[1]) Biese, Philos. des Arist. II. 731.

[2]) Vgl. Köchly's meisterhafte Abhandlung: Sokrates und sein Volk (in Gesammelte Akad. Reden) S. 332.

Und Aeschylus billigt diese Antwort bestens, nur daß er ge=
rade solches Verdienst dem Euripides abspricht. Die Belehrung,
Besserung, Veredlung der Bürger, sagt er, —

„Das ist es wonach, wer Dichter sich nennt, muß streben!" —
und es hilft dem Euripides nichts, wenn er sich damit entschuldigt,
daß er ja die Sage von der Phädra „vorgefunden habe". Denn
Aeschylus antwortet ihm sogleich:

„Wohl fandst Du sie vor; doch das Schändliche soll sorgfältig der Dichter
verbergen,
Nicht ziehen hervor, noch der Bühne vertraun! Denn so wie für die
Knaben der Lehrer
Da ist, zu erziehn sie für Tugend und Recht, so für reiferes Alter
der Dichter!"

Diesen Wahrspruch des Aeschylus würde Aristoteles von Wort
zu Wort unterschrieben haben, oder vielmehr er hat es gethan in
seiner ächt antiken Lehre von jener Erziehung des Staatsbürgers,
die durch das ganze hellenische Leben hindurchging. „Es ist ohne
Zweifel nicht genug, sagt er, daß man nur in der Jugend eine
gehörig sorgfältige Erziehung erhalte, sondern da offenbar der
Staatsbürger als Mann dasjenige was seine Bildung fördert wei=
ter treiben und sich fortwährend damit in Gewohnheit erhalten soll,
so bedarf es dafür Gesetze, wie überhaupt für das ganze Leben."[1]
Ja, so wichtig ist bei Aristoteles der Begriff des Sittlichen in der
Kunst, daß er auf die Begriffe von Gut und Schlecht ($\sigma\pi o\upsilon\delta\alpha\tilde{\iota}o\varsigma$
und $\varphi\alpha\tilde{\upsilon}\lambda o\varsigma$) die ganze Gliederung aller Nachahmung d. i. aller
Kunst zurückführt, und daß er es in dieser Beziehung mit dürren
Worten ausspricht: wie die Künstler so die Kunstwerke, welche sie
schaffen.[2] Die sittliche Wirkung der Kunst, den versittlichenden
oder verschlechternden Einfluß ihrer Schöpfungen auf die Menschen
zu leugnen ist keinem Alten eingefallen. Und wie sollte es ihnen

---

[1] Vgl. Kapp a. a. O. S. 82.
[2] Poet. cp. II. 1. u. IV. 7.

auch einfallen, ihnen, denen ihr Homer und ihre großen Tragiker
die Bibel vertraten, und denen die ungeheure Wirkung beider im
Leben vor Augen lag! Selbst Horaz steht noch auf solchem antik
hellenischen Boden, wenn er in seiner Epistel an Lollius von Ho=
mer sagt, daß er „was gut und böse, was nützlich und schädlich
sei, besser lehre, als alle Stoiker und Akademiker der Welt." Ge=
wiß hat Schiller Recht, wenn er vom rein ästhetischen Standpunkt
aus für das Kunstwerk die Freiheit beansprucht, daß es nur sich
selbst d. h. seiner eigenen Schönheitsregel Rechenschaft geben dürfe,
und keiner andern Forderung unterworfen sei. Aristoteles würde
dies ganz gewiß ebenfalls unterschrieben haben, zumal da Schiller
hinzusetzt, daß nach seiner festen Ueberzeugung das Kunstwerk ge=
rade auf diesem Wege alle übrigen Forderungen mittelbar befrie=
digen müsse, weil sich jede Schönheit doch endlich in all=
gemeine Wahrheit auflösen lasse, was der deutsche Aesthe=
tiker einmal in den Satz formulirt hat: „Trachtet am ersten nach
dem Schönen, so wird Euch das Gute von selbst zufallen." [1])
Ebenderselbe Aesthetiker fügt ganz richtig hinzu: „Nicht nur durch
Nachwirken eines spezifisch sittlichen Gehalts wird das Schöne eine
sittliche Gewalt; auch alle diejenigen Stufen der Idee, deren Gehalt
nicht eigentlich als ethisch zu bezeichnen ist, bereiten jeder sittlichen
Erhebung den Boden, und zwar aus dem Grunde, den Schiller
ausgesprochen hat, und der mit dem objektiven Grunde zusammen=
fällt, daß die Idee als der sich verwirklichende sittliche Zweck, d. h.
als das Gute gefaßt, das Schöne als seinem Gehalte nach einfach
identisch mit dem Guten ergiebt. Denn wie von jeder Existenz
eine Linie zu den höchsten, den sittlichen Sphären des Daseins
führt, so führt jede Lösung des Zwiespalts im menschlichen Wesen
zu der Entwicklung seiner bedeutendsten sittlichen Kräfte."

Von welcher Form des Schönen und der Kunst aber gilt dies

---

[1]) Vischer, Aesthetik I. 157. 198.

mehr als eben von ihrer höchsten Erscheinung, von der Tragödie? Und wenn die schlichte Einfalt der Alten in den Dichtern die Lehrer und Besserer der Bürger sah, wenn Aristoteles die sittliche Erhebung des Zuhörers über den trüben Dunstkreis des Lebens und die entladende Erleichterung von dem Drucke der verworrenen Wirklichkeit als Aufgabe und Endresultat der Tragödie bezeichnete, steht es da Herrn Bernays zu, hierüber als über eine triviale Zwecktheorie der Besserung vornehm die Nase zu rümpfen, ihm, der mit seiner pathologischen Entladungs- und Abführungslehre dem Aristoteles selbst wieder eine Art von Besserungs- und Zwecktheorie nur eine noch viel äußerlichere und geistlosere als die Lessing'sche unterschiebt? Oder thut er dies nicht, wenn er (S. 177) sagt: „Je weniger Aristoteles von abtödtenden Radikalkuren der Affekte Heil erwartete, desto größeres Zutrauen mußte er, eben ihrer palliativen Zeitweiligkeit wegen, zu der ableitenden pathologischen Katharsis fassen?" Was heißt dies anders, als: die Tragödie bezweckt und bewirkt nach Aristoteles, d. h. nach der Bernaysschen Erklärung des alten Philosophen, medizinische „Besserung" der an Mitleid und Furcht kranken Seelen unter den Zuschauern? Diese sollen jene übermäßigen Affekte im Theater auslassen, sollen dieselben an der Tragödie „entladen", — etwa damit sie nicht Unheil im Leben und in der bürgerlichen Gesellschaft anrichten?!

Wir sind hiermit wieder auf die Katharsis des Herrn Bernays zurückgeführt worden, und wollen nun schließlich noch einige Bemerkungen [1] über dieselbe nachtragen, denen wir in den früheren Kapiteln, um die Untersuchung nicht aufzuhalten, keinen Raum geben mochten.

---

[1] Dieselben sind zum größten Theile einem Briefe des Darstellers der Philosophie des Herakleitos, Herrn F. Lassalle, an den Verf. entnommen.

Nachträgliches.

——

Der medizinisch sinnliche Ausdruck Katharsis erscheint in der
Poetik von Aristoteles metaphorisch auf ein anderes, geistiges
Gebiet angewendet. Was nun aber im sinnlichen Gebiete des Medizinischen (der *ιατρεία*) „Entladung“ ist, das ist im Gebiete des
sittlichen Affekts Beruhigung und Versöhnung. Der Ausdruck Katharsis aus der Medizin entlehnt, aber auf das Gebiet des Aesthetischen übertragen muß eben deshalb eine ästhetische Kur und Heilung (*ιατρεία*) bewirken. Dies ist aber bei der Bernaysschen Auffassung nicht der Fall, nach welcher die kathartische Heilwirkung, die
palliative Heilkur, wiederum eine bloß pathologische, dem Aesthetischen ganz äußerliche ist. Als eine solche, dem Begriffe des Aesthetischen schlechthin äußerliche Wirkung, die demselben aber gleichwohl
nothwendig ist, und als ein Letztes hervorgebracht werden soll, wird
diese Wirkung, Kraft der Logik zum Zweck, zum endlichen, äußerlichen Zweck, und Aristoteles, der gerade in diesem Theile seiner
Definition, in diesem: *δι’ ἐλέου καὶ φόβου περαίνουσα τὴν τῶν
τοιούτων παθημάτων κάθαρσιν*, das spezifisch Eigenthümliche, das
Wesen der Tragödie anzugeben hat, würde sich statt dessen darauf
beschränkt haben, eine einzelne, noch dazu dem Aesthetischen völlig
äußerliche, seinem Begriffe fremde Wirkung anzugeben! Und diese
Wirkung, welche Aristoteles der Tragödie als letzten Zweck vorsetzen

soll, ist nicht einmal empirisch richtig. Denn die Tragödie flößt Leidenschaften, heroische, ein, statt uns von denselben abzubringen.

Wir haben schon im Verlaufe unserer Entwickelung auf den Irrthum hingedeutet, welcher in der Bernaysschen Vorstellung liegt, daß der Zuschauer die Affekte von Mitleid und Furcht schon fertig in die Tragödie mitbringe. Dies ist ein begrifflicher Grundirrthum. Der Zuschauer bringt die Affekte, mit denen es die Tragödie zu thun hat, und welche sie nach Aristoteles durch die Darstellungskunst des Dichters in den Hörern hervorbringen, erwecken soll, gar nicht ins Theater mit, sondern nur die Fähigkeit zu denselben. Erst in und durch die Tragödie werden diese Affekte eingeflößt. Die Kunst hat es überhaupt nur mit solchen Affekten der Hörer zu thun, welche sie selbst erzeugt, die ihr eignes Produkt sind, nicht mit den natür= lichen Trieben des sinnlich=wirklichen Menschen. Eine Kunst, die sich auf diese einläßt und sie zu ihrer Voraussetzung macht, wäre Rohheit und Bedürftigkeit, nicht Kunst. Die Furcht, das Mit= leiden, welche in der alten Tragödie erregt werden, brachte schwer= lich irgend ein Zeitgenoß des Aristoteles aus dem gewöhnlichen Le= ben in's Theater mit, wenn er es betrat, um eine Aeschyleische Orestie oder Promethie zu schauen. Denn die alten Tragödien be= ruhten auf schweren Gedankenkonflikten, von welchen auch die „heißblütigen Völker des Südens" im täglichen Leben keinesweges so affizirt und erfüllt zu sein pflegten, daß sie der Schröpfung durch das Theater bedurft hätten. Vielmehr bedurfte es der hohen Kunst der alten Meister, diese Gedankenkonflikte und das Interesse daran durch die Tragödie in den Zuschauer hineinzubringen.

Der Hauptirrthum aber, welchen Herr Bernays in seiner Er= klärung begeht, liegt darin, daß er den Aristoteles über die Tra= gödie ganz eben so denken läßt, wie über die ekstatische Musik, welche ein Aeußern und Auslassen einer sinnlichen Stimmung ist. Und selbst bei dieser ist das „Auslassen" nur Nebensache, nur zu= fällige Folge. Die Hauptsache ist das „Aeußern" der Stimmung,

Darstellung eines Innern, was das Wesen der Kunst über=
haupt ist. Dies geschieht auch in der ekstatischen Musik, und fällt
freilich in ihr, als einer sinnlichen Stimmung, mit dem Nach=
lassen der Stimmung zusammen. Der Musizirende äußert seine
Stimmung, und eben so, wenn Einer spielt und ein Anderer hört,
wird die Stimmung des Hörenden als übereinstimmend mit der
des Musizirenden gedacht. Hier kann und muß also Aeußern und
Auslassen zusammenfallen. Wollte man aber dies Verhältniß auf
die Tragödie übertragen, so müßten in ihr gleichfalls die Helden
dieselbe Stimmung äußern, die der Zuschauer durch die Tragödie
„auslassen" soll, d. h. also Mitleid und Furcht. Und doch erkennt
Herr Bernays selbst an, daß diese Affekte nach Aristoteles durchaus
nicht die der tragischen Personen sein sollen. Die tragischen Hel=
den, die antiken zumal, sind auch viel zu grausam einseitig, um
selbst Mitleid und Furcht zu haben. Wir sind es vielmehr, wir,
die Zuschauer und Hörer, die diese für sie und statt ihrer empfin=
den. Weil also in der Tragödie das was geäußert wird und das
was nach Bernays ausgelassen werden soll, nicht, wie in der Musik,
zusammen, sondern auseinanderfällt, so ist es auch unthunlich, aus
jenem Wesen der Musik und aus der Aristotelischen Behandlung
desselben einen Scheingrund für die B.'sche Auffassung der Aristo=
telischen Definition der Tragödie zu machen.

Ein sprechender Beweis gegen diese Auffassung liegt ferner in
demjenigen Bestandtheile der antiken Tragödie, welcher gleichsam
dem Publikum selbst eine Stelle innerhalb derselben einräumt, im
Chor. Auf diesen mußte daher vor allen Dingen jene Wirkung
stattfinden, welche nach Herrn B. die Aufgabe, der Zweck der Tra=
gödie sein soll. Der Chor ist in der That voll von Furcht und
Mitleid. Aber erscheinen diese bei ihm als Affektionen, die er in
krankhaftem Uebermaße fertig mitbringt, um sie an den Vorgängen
der Tragödie loszuwerden, zu entladen? oder werden diese Empfin=
dungen nicht vielmehr bei ihm wie bei jedem normalen Zuschauer

erst durch die Tragödie, durch die Dinge, welche er vorgehen sieht, innerlich erzeugt? Denkt und empfindet der Chor in der griechischen Tragödie nicht genau so, wie der Abschluß der Tragödie nach Aristoteles und Hegel den sinnigen Zuhörer und Zuschauer denken und empfinden läßt? —

Und nun noch ein Wort über Euripides.

Wie kommt Aristoteles dazu, ihn „den tragischsten der Dichter" zu nennen? ihn, von dem Herr Bernays mit Recht sagt: man denke über ihn wie man wolle, sittlichen oder künstlerischen Frieden wird man in ihm selbst so wenig wie in seinen Tragödien finden können. Vielmehr eine Wolluft des Zerreißens und der Zerrissenheit, eine ekstatische Verzweiflung, ein aus allen Tiefen des Verstandes und des Herzens aufstöhnendes Mitleid mit der zusammenbrechenden alten Welt und eine im Schaudern schwelgende Furcht vor dem Eintritt der herannahenden neuen Zeit — diese Stimmungen sind es, welche aus der Persönlichkeit des Euripides in seine Dramen übergehen, und nun auch den Zuschauer zu ähnlichen Orgien des Mitleids und der Furcht hinreißen. Aber, fährt Herr Bernays fort, eben weil Euripides so wirkt, weil er diese Affekte so mächtig hervorlockt, eben deshalb ist Euripides der kathartischste Dichter; und weil in dieser sollicitirend entladenden Katharsis die nächste Wirkung der Tragödie bestehen soll, darf Aristoteles in einem Athem die sonstigen dichterischen Mängel des Euripides rügen und dennoch behaupten, daß er der „tragischste" unter den Dichtern sei."

Der „tragischste?" Ja! — der „kathartischste?" Nun und nimmermehr! Das Erste sagt Aristoteles selbst, das Zweite schiebt Herr Bernays dem Stagiriten unter, indem er kathartisch und tragisch vollkommen gleichsetzt, und dabei, was man ihm allerdings nicht verübeln kann, seine neue Auffassung der Katharsis zu Grunde legt. Aber sehen wir uns die Sache genauer an. Der Zusammenhang der Stelle, in welcher Aristoteles jenes berühmte und doch von ihm selbst so überaus scharf beschränkte Lob des Euripides

ausspricht, ergiebt unwidersprechlich, daß es sich dort um den rich=
tigen Ausgang, um die wahrhaft kunstgemäße μεταβολή der Tra=
gödie handelt. Diese ist nach Aristoteles eine solche, wo der Fehl=
tritt, die Schuld, die ἁμαρτία μεγάλη, den Helden mit Nothwen=
digkeit aus Glück in Unglück stürzt. In Bezug hierauf, das
heißt mit andern Worten, in Bezug auf die Tiefe und zerstörende
Gewalt des tragischen Risses, nennt Aristoteles den Euripides den
„tragischsten der Dichter", und fügt hinzu, daß das allgemeine Ur=
theil des Publikums hierbei auf seiner Seite sei.

Aber das Tragische eines Dichters besteht nach Aristoteles, und
nicht nur nach ihm, sondern nach der Natur der Sache selbst, in
zwei Dingen.

Erstens in der Tiefe und Gewalt der Konflikte, die dem
Helden den Untergang bereiten und durch welche Mitleid und
Furcht in dem Zuschauer erregt werden, also in der Kraft, mit
welcher der Dichter die beiden großen Hebel des Tragischen (δι'
ἐλέου καὶ φόβου) zu handhaben versteht.

Zweitens in der versöhnenden und befreienden Wirkung, die
er durch die Art und Weise der Lösung, durch die weise Oekonomie
seiner Dichtung, in dem Zuschauer hervorbringt.

Wenn in der letztern Eigenschaft Euripides seinen beiden gro=
ßen Zeitgenossen Sophokles und Aeschylus ohne Frage weit nach=
stand — und Aristoteles selbst sagt dies von ihm aus, er sagt von
ihm aus, daß er außer jener ersten Eigenschaft in allem Anderen
keineswegs ein richtiges Verfahren bewähre (εἰ καὶ τὰ ἄλλα μὴ εὖ
οἰκονομεῖ) — so war es doch nur ein Akt der Gerechtigkeit, wenn
der Philosoph daneben dem Dichter der leidenvollen Leidenschaft im
Bezug auf den ersteren Punkt die höchste Stelle unter den griechi=
schen Tragikern einräumte. Denn allerdings in der Tiefe und Ge=
walt des tragischen Risses, in der Herbheit und Furchtbarkeit der
tragischen Konflikte steht Euripides als der erste da unter den tra=
gischen Dichtern der Hellenen, hat er vor ihnen vielleicht ebenso=

viel voraus, als sie vor ihm in der Katharsis, in der abschließen=
den Versöhnung. Denn Euripides ist der philosophischste unter
den alten Dichtern, ein entwickelter Philosoph, in dessen Dramen
bei weitem mehr spekulatives Element enthalten ist als bei seinen
Vorgängern, und der schon darum geeigenschaftet war, das philo=
sophische Interesse des Aristoteles zu fesseln, wenn auch der Kunst=
richter sich über die Mängel des Dichters nicht verblenden konnte.

Hier schließen wir unsere Erläuterung der Aristotelischen Lehre
von der Wirkung der griechischen Tragödie. Wenn in derselben
wenig oder nichts schlechthin Neues gesagt, sondern nur Altes und
längst Gefundenes richtiger zusammengestellt erscheinen sollte, so
wollen wir dies gerne zugestehen, indem wir uns dabei mit dem
alten Spruche des Aristoteles getrösten, den wir als Motto auf den
Ttel dieser Schrift gesetzt haben.

Druck von J. Blumenthal in Berlin, Adlerstr. 9.